汝を愛し、汝を憎む。

津軽（つがる）

太宰治 Osamu Dazai
吳季倫 譯

津輕雪花的種類

粉雪
粒雪
綿雪
水雪
硬雪
糙雪
冰雪

（引自《東奧年鑑》）

目次

導讀

唯有再見才是人生

吳明益　國立東華大學華文系教授

一九〇二年二十二歲的魯迅赴日，兩年後進了仙台醫學專門學校學醫，成爲仙台唯一的中國學生。二十年後，才有那篇知名的〈藤野先生〉，以及裡頭所回憶的「幻燈片事件」。

〈藤野先生〉裡魯迅陳述的日本經驗成爲魯迅傳奇的一部分，文章中提及課堂上觀看日俄戰爭的其中一張幻燈片，引起日本同學歡呼，讓魯迅意識到自己同胞的麻木病源，也成爲他棄醫從文的關鍵。許多論者認爲，魯迅後來到東京著手翻譯俄國與東歐文學，參與革命活動，寫出〈文化偏至論〉、〈摩羅詩力說〉，都跟這個「幻燈片事件」有關。彼時一代文學家太宰治仍未出生。

一九四四年，三十五歲的太宰治受日本內閣情報局與文學報國會將「大東亞五大宣言」予以小說化的委託，開始閱讀魯迅，並且於暮冬之際赴仙台採詢魯迅事蹟，翌年，日本戰敗，《惜別》出版。

太宰多數小說都有很濃厚的個人色彩，但《惜別》卻是「他傳」，寫的是魯迅在仙台的生活。太宰治虛構了一位名叫田中卓的醫師，在記者的來訪下，回憶和魯迅相處的點點滴滴。太宰為了寫作魯迅，將七卷本《大魯迅全集》（改造社）細讀過，成為他理解魯迅的基礎。小說中魯迅對田中的自白，內容顯然都來自於魯迅的作品。與此同時，太宰治還讀了兩本魯迅的傳記，分別是他評述「像春花一樣甘美」的《魯迅傳》（小田岳夫），以及「像秋霜一樣冷峻」的《魯迅》（竹內好）。

《惜別》在日本文學界的評價並不高，竹內好甚至批評太宰誤讀魯迅，但我卻認為它是一部極有意味的作品。原因之一在於，這部受政府委託的著作裡，太宰藉魯迅之口，某種程度批判了軍國思想。其次是，太宰也藉由魯迅的文學觀，發揮了自己的文學觀。更有意思的是，在接受委託寫作的同年，他也受了小山書店之邀寫作故鄉，這就是你手中這部美麗的重訪（或告別）故鄉之書——《津輕》。

台灣讀者對太宰治的認識，多半建立在《人間失格》與《斜陽》這兩部作品上。放蕩酒色、心靈矛盾、哀傷爲人的掙扎，是太宰文學的典型。而他五次自殺的經歷，也讓人常與小說聯想在一起。相對地，閱讀《津輕》將是完全不一樣的明亮經驗。

《津輕》分爲「序文」及「正文」（〈巡禮〉、〈蟹田〉、〈外濱〉、〈津輕平原〉、〈西海岸〉五章），乍看像是以地理與特色進行「導覽」的遊記，實質上則不然。太宰認眞閱讀了大量地方歷史文獻，再穿插訪友經驗與回憶片段，寫出了這部「不只是遊記」的作品。

書中內容我自不必贅述，但不妨提醒讀者注意幾個部分：論者多半認爲太宰治的憂鬱性格，與他的家族有關。選擇文學爲志業的太宰，很想逃離父親與兄長的權力環境（他的父親津島源右衛門是地方名紳，也是縣議員、眾議院議員、貴族院議員，同時經營銀行與鐵路），而《津輕》正好爲此觀點，埋藏了情感線索。

其次，讀者當會發現，除了嘲弄、戲謔的「無賴派風格」外，太宰寫景與敘事都十分出色。《津輕》與《惜別》裡的景色都十分溫暖，那些小酒館、漁村巷弄、堤川、觀瀾山，在港口緩緩落下的粉雪、粒雪、綿雪、水雪、硬雪、糙雪、冰雪（只有雪國的子民才能分得清楚），以及水色淺、鹽分淡，隱隱飄著海潮香味的蟹田海岸⋯⋯，他是如此努力想展示自己故鄉的美與自己文化氣質的根源。此外，太宰的歷史觀、文學觀與思想，也在這部書裡與故舊的飲宴討論中，很自然地鋪展開。

而我最被吸引的，當然是這部書裡太宰治顯示出的「月之亮面」：包括他和老友及照顧他的女傭阿竹間的情誼，和對家鄉土地的感情。

比方說在與阿竹重逢的那段，太宰刻意把拉離的尋人過程都寫出來，卻讓人緊張地期待。他提到「在兄弟姊妹當中，只有我一個的性情粗野而急躁，很遺憾地就是來自這位養育我的母親的影響」，指的就是十三歲起就照顧他的阿竹，這是對一個女傭的最高禮讚。而當他與好友N君談及故鄉的「歉收年表」，看到每隔幾年就出現的凶年，太宰不禁義憤。他說津輕人將歉收說成「饑渴」，而「我們的祖輩一生下來遇上了歉收，在艱難的困境中長大成人。

這些熬過困境的祖輩們的血液，也必然在我們的體內流動著」，甚至大膽批判了政府無能。

引用京都名醫橘南谿《東遊記》中的幾則奇幻故事，更讓我彷彿看到眼神天眞澄澈的少年太宰——畢竟太宰留下的照片，眼神總是如斯憂鬱。

太宰或許不能理解魯迅留學時所受到的歧視，以及做爲一個沒落帝國的子民，在日俄戰爭中所受到的刺激，但他顯然很努力想理解這個影響中國的作家，並且與他在文學中對話。研究者藤井省三曾爲文討論過太宰的《惜別》，提及小說裡魯迅寫了一段文章給「我」，內容正是〈摩羅詩力說〉的部分段落。「我」回應說：「我覺得，該短文的主旨，指出了與他從前說的那種『爲幫助同胞的政治運動』的文藝多少有些差異的方向，不過，『不用之用』一詞讓人感到豐富的含蓄。終歸還是『用』。只是不具有像實際的政治運動那樣對民眾的強大指導性，而是漸漸地浸潤人心，發揮使其充實之用的東西。」「我」並進一步說：「這個世界上如果沒有文藝這種東西，就會像注油少的車輪那樣，無論開始時怎樣流暢快速地運轉，也許馬上就會損毀。」

或許，這才是太宰治抵抗家族權力，對時局與自身情感的迷惘，依靠酒精、毒品、放縱情慾外，眞正支持他的根本力量？他希望自己的文學是不斷滾動人生的潤滑，是無用卻能浸潤人心的物事。

太宰與魯迅相似之處，還在於他們對父親形象的抵抗。在這特別的一年裡，或許短暫地讓他從多重的糾結情感抽身出來，體驗了人跟土地的純粹情感。

只是他終究選擇再次告別。

在太宰治的遺作〈Good-bye〉的前言中，他提到唐代于武陵的詩：「人生足別離」。勸酒的人說，不要再推辭斟滿酒杯了啊，因爲「花發多風雨，人生足別離。」太宰說他有一位前輩將詩句翻譯成「唯有再見才是人生」，相逢的喜悅轉瞬即逝，離別的傷心卻黯然銷魂、如影隨形，因此我們一生都得活在告別中。

我將《津輕》視爲一部「告別」之作，因爲那個太宰歸去的故鄉，正是他要道別的故鄉。而他寫魯迅的作品名爲《惜別》（這是藤野送給魯迅照片背後的題字），則是太宰文學精神的另一面向：他一生中多次想以死亡與世界告別，在我看來，正是太宰「惜別」這個世間之故。那個他想離棄的生命，就是他燃燒的生命；而他離去的故鄉，正是他留戀的母土。關於這點，你手上的《津輕》正是美麗的明證。

推薦序

回憶的開始

吳卡密　舊香居店主

對太宰治是一見鍾情。一如我喜歡的波特萊爾、普魯斯特，他們筆下的世界，「自我」永遠是一生的課題。誠實正直地面對自己，是太宰治最令人動容的一面。不斷與自我對話，挖掘、反省，徹底地自我批判、審視自己，期待成就更好的自己，信仰眞理、憎恨僞善，讓他無法輕易隨波逐流。看似絕望、消極的態度，其實包含著對生命最熱切的嚮往，反反覆覆的迷失，正是眞眞切切尋求內在的必要過程，畢竟，誰又能一下子就看清命運和人生呢？

或許是打小在生意場合穿梭，小學三年級就幫忙看店。以前沒有太多影音娛樂，買書看書的人也較今日來得多。每逢下班、假日時，店裡人來人往，至今常笑說：「除了書，看過的人應該也算多吧！」人來人往，讀書人怪癖多，學問好的，溫和有禮的，莫測高深，目中無人，驕傲自大；財大氣粗的；斤斤計較的，百百種的顧客，很容易觀察到人的不同面向和各種行爲，這也是我童工生涯中最大的樂趣。從小與書爲伍，說是喜歡閱讀、熱愛文學，倒不如說我對書頁間「起伏人性」更充滿好奇和喜愛，我喜歡以「自我」爲中心的創作，赤裸眞誠，不賣弄技巧、裝腔作勢地表達人性種種面向，如何坦白地面對自己，永遠是身爲「人」，一生的課題！

每個人的秘密一說出口，就是一部私小說。

——太宰治

一九〇九年，太宰治出生於青森縣北津輕郡金木村。一九四四年，太宰治接受邀稿，再次回到家鄉，以各地所見所聞，伴隨年少回憶寫出《津輕》，他重訪「最熟悉，也是養成了我的性格，決定了我的命運的地方。」此時是他人生高峰期，創作穩定，不同於初期的他，企圖反抗所有一切成規的束縛，在錯亂與激情中表現自我。也不同於戰後的他，對社會改革、自我變革及自由主義的幻滅失望。那時的太宰治結婚生子，生活安定。他輕鬆愉快地回憶著，友情、親情自然流露，快意熱情地記錄旅程中的沿途風景、歷史場景、民俗典故。重遊舊地，回顧過往，童年往事、親情的疏離、人生原罪、家族的包袱，穿插登場，雖難免有陰鬱的情緒，卻已顯得自在清朗。行文間洋溢善意與溫度，偶爾自嘲也是合宜。提及兒時玩伴，他同樣能以明朗的態度去面對性格上的弱點，因爲家族包袱始終是他無法逃脫的原罪。重回故鄉，尋友訪友，亦同時重新檢視自己與家人的關係。談及早逝的父親，他坦白自己是隨著年齡增長，對父親的一切突然產生亟欲了解的欲望——究竟，父親是個怎樣的人呢？

重返父親的故鄉「木造町」：

「這棟房子的隔間跟我那金木町的家非常相像。聽說，金木町現在的房子是我父親當了門婿之後不久，親自設計與大幅改建的。原來到了金木町的父親，只是把隔間改成與自己的老家一樣罷了。我好像可以明瞭身爲門婿的父親當時的想法與感受，不由得會心一笑。有了這層體會後，就連院子裡的樹木和石頭的擺置，看上去都似曾相識。即便只是發現了這件微不足道的小事，我彷彿已經感受到死去父親『感性的一面』了。」

而這趟旅程的終站，也是《津輕》一書最精采高潮的部分——小泊港，太宰治恍恍惚惚、抑鬱一生，藏在內心深處最甜蜜和痛苦的記憶，是代母親哺育他的女傭阿竹——此行他最渴望見到的人。「三歲到八歲，都是由阿竹教育我的。某一天的早晨，我忽然醒過來，喚了阿竹，阿竹卻沒來。我吃了一驚，憑著直覺感到情況有異，立時放聲大哭。我哭得肝腸寸斷。」

終於來到小泊港，一開始尋找不到阿竹時，他近乎捉狂地咆哮：

「可說穿了，不就是個下人嘛！不就是個女佣嘛！難道你是女佣的孩子嗎？一個大男人，竟還苦苦思念兒時的女佣，說什麼非得見上一面的，你就是這樣才成不了材！也難怪哥哥們薄情地瞧不起你，當你是個低俗又陰柔的傢伙。這麼多兄弟們裡，就你一個怪胎！你怎會這般沒出息、卑鄙無恥、令人作嘔呢？你就不能振作起來嗎？」

多麼濃烈的思念啊！心中的澎湃、情緒化的發洩，長期的渴望和不安是這麼表露無遺。慌亂惶恐的心，在找到阿竹，得到安撫時，揮之不去的問號、遺憾都在阿竹身旁消散了。

「我伸直了雙腿，怔愣地看著運動會，心中沒有任何牽掛。也就是那種無論發生什麼事情都無所謂、完全無憂無愁的心情。所謂的心靈平靜，大概就是指這種狀態吧。倘若確然如此的話，這時可說是我生平以來所體會到的內在寧靜了。」

與阿竹重逢的終章，讓我的眼眶不自覺濕了，他內心深處的種種壓抑和煩憂暫時雲散風消，在孕育、滋養他的故鄉找到了安心的勇氣。

從不同的作品重新建構作家人格的想像，也是另一種閱讀的喜悅。雖然太宰治自詡《津輕》是昭和年代的旅遊指南，但這本洋溢著希望、感謝、寬容的眞情之作，不同以往大家熟悉的太宰治——軟弱、頹廢、憂鬱、黑暗、絕望……。這本津輕紀行釋放出的文字情感眞摯細膩，太宰的年少時光更躍然紙上。除了展現文學本事，更讓讀者見識到他對生命的熱忱。當然，他依舊是大家記憶中瀟灑恣意的太宰治，仍會豪情率性說出：「即便一無所有，他，仍是崇奉眞理和崇奉愛情的乞丐。」

《津輕》書末他寫下：「帶著勇氣向前走！切勿絕望！」即便他說過：「生而爲人，我很抱歉」、「活著，是很辛苦的。處處纏繞鎖鍊，稍微一動，便有血噴出。」但對於文學的熱愛和信仰曾經讓他憧憬未來、擁抱世間、友愛眾生。闔上書，除了感動更有一番新的領會，我相信太宰治曾經踏踏實實、竭盡全力，努力認眞地活在當下呀！

序章

某年春天，我首度到本州北端的津輕半島遊歷了一趟。那段三星期左右的旅行，堪可在我三十幾年的人生中記上一筆。津輕是我生長的故鄉。在那二十年的歲月裡，我只去過金木、五所川原、青森、弘前、淺蟲、大鰐這幾個城鎮，其他的村鎮一概毫無所聞。

我出生的金木町坐落於津輕平原的正中央，居民約有五、六千人。這個城鎮雖沒有值得一提的特色，卻難掩一股想跟上摩登都市的作態氣息。說好聽的，這座城鎮好比清水一般恬淡，講難聽點，便是膚淺又愛慕虛榮了。由這裡南下十二公里左右，在岩木川的河畔有一座名爲五所川原的市鎮，那裡是這一帶物產的集散地，聽說居民人口超過一萬人。除了青森和弘前那兩座大城以外，這周遭就沒有其他城鎮的人口破萬的了。說好聽的，那裡充滿了蓬勃的活力，可倒過來講，則是嘈雜鬧騰。那偌小的市鎮，不但嗅不到農村的悠然恬靜，反而早已悄悄地滲入了都市特有的那股令人膽寒的孤寂。打個連我自己都覺得難爲情的誇大譬喻，拿東京來說吧，若說金木是小石川，那麼五所川原就相當於淺草。我姨母就住在那裡。小時候，比起親生母親，我更喜歡膩著這位姨母，因此時常來五所川原的姨母家玩。可以說在我進中學以前，除了五所川原和金木町之外，根本沒去過津輕的其他城鎮。直到幾年後，當我前往青森市參加中學的入學考試時，那段區區三、四個小時的路程，簡直是一趟非比尋常的遠征之旅。我甚至把當時滿腔的雀躍興奮，加油添醋地寫成了小說[1]。文中的記敘並非盡如事實，而是充滿既哀傷又逗趣的虛構，不過大致就是我當下的感受。在此節錄一段如下：

「從村裡的小學畢業後，這個少年先搭馬車再換火車，一路顛簸地來到了四十公里外縣廳所在地的小城市考中學。那一天，少年穿著的服裝委實古怪而教人同情。那一身前所未見、散發著孤寂氛圍的罕見服飾，是他經年累月巧思的結晶。他特別中意一件白色的法蘭絨襯衫，當時自然也穿在了身上，而且這天的襯衫還帶著猶如蝴蝶翅膀的大衣領，並像穿夏季的開襟衫時外翻蓋住西服外套的領子那般，將大衣領拉出和服的領口外面披著，看起來倒有點像小孩子的圍兜。然而，那副裝扮看在可悲又緊張的少年眼裡，只怕宛如一位如假包換的貴公子。他下身穿著一件久留米藏青底帶白條紋的短褲裙[2]，再套上長襪和亮鋥鋥的黑色繫帶高筒靴，最後還披上了斗篷。由於父親已經過世，母親又疾病染身，因而少年的日常生活都由溫柔的兄嫂細心照料。少年央求手巧的兄嫂想法子把襯衫的領子放大，兄嫂笑了他，少年著實動了怒，對於沒人能了解自己的美學深感委屈，險些掉下淚來。『瀟灑與典雅』，這兩個語彙涵蓋了少年所有的美學，……不不不，就連他的整個生命與人生目的，也盡皆含括在內。他披掛斗篷時故意不繫扣子，讓斗篷顫危危地眼看著就要從偌小的肩頭滑落下來，他認定這就叫摩登。眞不知道他究竟打哪裡學來這麼些花招呢。或許這種摩登的思惟乃是出於本能，即便沒有榜樣可供學習，亦能靠自己發想而得吧。

1 文中指的是昭和十四年十一月刊載於《婦人畫報》的小說〈時尚童子〉，描寫一名喜歡奢華衣服的男子。

2 套在和服上，從腰遮覆到腳的長版打摺褲裙。

少年自出生以來，這幾乎是頭一遭踏進較爲像樣的城市，他因而在裝扮上使出了渾身解數。由於少年過於興奮，一到達這處坐落於本州北端的小城市，剎時連開口講話都變了個人似的，用了早前從少年雜誌上學到的東京腔。但是，當他在旅舍安頓下來，聽到女侍說話後赫然發現，這裡說的仍是與他家鄉完全相同的津輕腔，少年頓時感到有些失落。畢竟故鄉與這個小城市，僅僅相隔不到四十公里罷了。」

文中提到那座海邊的小城市，便是青森市。說來，那是三百二十年前的事了。寬永元年[3]，外濱[4]的町奉行官[5]開始經營此地，力圖打造成津輕第一海港，據說當時這裡已有上千戶人家。後來，此地又與近江、越前、越後、加賀、能登、若狹[6]等地有了頻繁的海運往來，這才逐漸發達起來，成爲外濱最爲繁盛的港口；又過了數百年之後，依據明治四年[7]頒布的《廢藩置縣令》[8]，青森縣於焉誕生，並且成爲縣廳的所在地，守衛著本州最北邊的門戶，更不消提這裡和北海道函館市之間的鐵路渡輪[9]早已名聞遐邇。如今，青森縣的戶數似乎已經超過了兩萬，而人口數也超過了十萬。然而，看在遊客的眼裡，那些特色並不足以讓旅人對此地抱有好感，原因在於這裡的房舍遭逢多次火厄，市景已變得十分破陋。如此景象雖非此地所願，問題是旅人來到這裡，實在遍尋不著哪個地方稱得上是市中心。灰撲撲又煞風景的屋子一間挨著一間，絲毫引不起遊客想上前一窺堂奧的欲望，只會讓人心浮氣躁，急匆匆地穿過這座城市。然而，我卻在這樣的青森市住了整整四年。不單如此，在我的人生當中，這四年可說是格外重要的時期。有關我彼時的生活樣貌，已在我初期的小說

3　一六二四年。
4　從秋田縣的能代平原到青森縣的津輕半島，再延伸至下北半島一帶的海岸線。通常是指津輕半島東岸的北濱。
5　日本平安至江戶時代，武士授予武士執掌政務的官銜名稱。
6　近江為現在的滋賀縣；越前位於福井縣中北部地區；越後為新潟縣；加賀為石川縣南部地區；能登為石川縣北部地區；若狹則在福井縣西南部地區。
7　一八七一年。
8　一八七一年七月，明治新政府為了達成中央集權化而廢除了藩屬制度，改設府縣以統一全國。起初設立三府與三百零二縣，再經整併多縣，直至年底成為三府七十二縣。
9　此處指往來於青森和函館間的青函渡輪，於一九〇八年三月七日首度啟航，至一九八八年三月十三日結束服務。

《回憶》中做了詳盡地描繪：

「儘管成績並不理想，我在那年春天仍然考上了中學。我穿著簇新的褲裙、黑色的襪子和繫帶高筒靴，放棄了此前的毛毯，將厚毛料的斗篷瀟灑地不繫上扣子，就這麼來到了這座海邊的小城市。我在一位遠親家開的和服店裡卸下了行囊，從此在這一戶掛著破舊店簾的屋子裡，住了一段很長的日子。

「我的個性很容易得意忘形，在進了中學以後，就連去公共澡堂，我也總得戴上校服帽、穿上褲裙。當我這副模樣映在街邊的窗玻璃上時，我還會笑著向自己的鏡影輕輕地點頭致意。

「即便如此，學校卻沒有絲毫樂趣可言。塗上白色油漆的校舍位於市區的邊陲，緊鄰後方有個面向海峽的廣闊公園，連在上課的時候，也能聽見海浪和松濤嘩嘩作響。寬敞的走廊，挑高的教室天花板，在在使我感到十分愜意，唯一的遺憾就是這裡的教師們對我施以粗暴的虐待。

「從開學典禮的那一天起，我就被某位體操教師揍了。他說我氣焰囂張，一副不可一世的架子。這位教師在入學考試時恰是我的面試官，當時他曾語帶同情地對我說：『你沒了父親，想必也沒法好好讀書吧。』聽得我難過地低伏著臉。正因爲如此，他的施暴愈發刺傷了我的心靈。其後，我陸續遭受了多位教師的毆打，他們以我嘻皮笑臉、打呵欠等種種理由，對我施以體罰。甚至還告訴我，我在上課時打呵欠的聲音之大，已經成了教師辦公室裡眾所皆知的趣聞了。我實在難以想像教師在辦公室裡居然會談論如此莫名其妙的事。

「有個和我來自同一個城鎮的同學，某天把我叫到校園一座沙崗後面，給了我幾句忠告：你的態度看起來確實有些趾高氣昂，若再那樣繼續挨揍，肯定要留級的。我聽了一時語塞。當天放學後，我獨自沿著海岸急急回家。浪花一陣陣漫過我的靴底，我邊走邊嘆氣。當我用西服袖口抹去額上的汗水時，一張大得嚇人的灰色船帆，就這麼搖搖擺擺地從我眼前駛過。」

這所中學現今仍一如既往地位於青森市的東側，而那座廣闊的公園便是合浦公園。這座公園緊鄰著學校，說是學校的後院亦不爲過。除非遇上暴風雪大作的冬日，我每天上下學總是抄近路走，穿過這座公園沿著海岸步行。鮮少有學生走這條路。於我而言，走這條近路格外神清氣爽，尤其初夏的早晨更是如此。此外，我寄宿的那家和服店，便是寺町的豐田家。這家在青森市首屈一指的老舖已經傳承了將近二十代。豐田伯父已於幾年前過世，他當我比親生孩子還要疼愛，我一輩子都不會忘記。這兩、三年來，我曾去過青森兩三趟，每回必定為這位伯父上墳，也總是住在豐田家，這已經是慣例了。

「在升上三年級的某個春日清晨，我在上學途中倚著朱漆木橋的圓欄杆，發怔了好一會兒。橋下那條和東京隅田川同樣寬廣的大河緩緩地流著。我從來不曾像這樣走神。我老是覺得背後有人在窺看自己，所以隨時隨地總要擺出某種樣態。就連我的每一個細微的動作，彷彿都逐一標上了注解，比方：他在困惑地望著手掌、他在撓著耳背喃喃自語……。因此對我而言，根本不可能出現『忽然間』抑或『不知不覺地』之類的舉動。我在橋上從愣怔中回過神來以後，這股寂寞的感覺令我雀躍不已。當我沉浸在這股興奮之際，仍不忘思考自己的過去與未來。我踩著喀噠喀噠的鞋聲渡橋，種種往事隨之湧上心頭，繼而聯翩浮想。到最後，我嘆著氣這樣想：我能成個大人物嗎？

（中略）

「無論如何，我在心中語帶強迫地告訴自己：你必須比其他人更優秀才行！事實上我眞的努力苦讀了。自從升上三年級起，我在班上的成績總是名列前茅。雖說既要名列前茅、又不被譏爲只會考試的書呆子並不容易，可我不但沒有受到這樣的嘲諷，甚至握有擺平同學的竅門，就連一個綽號章魚的柔道主將都對我言聽計從。有時候我會指著擱在教室角落的大紙屑罐，對他說：章魚，還不快鑽進罐裡去[10]？他便依言照做，邊笑邊把腦袋瓜伸進去，那笑聲在紙屑罐裡發出古怪的回音。班上長相俊美的同學們大都對我同樣百依百順，甚至連我拿剪成三角形或六角形或花瓣狀的膏藥貼在自己滿臉的痘痘上，也沒有任何人敢譏笑我。

「那些痘痘委實讓我煩心不已。那個時期，我的痘痘一天多過一天。我每天早上一睜開眼睛，第一件事便是伸出手掌探觸臉上痘痘的變化。雖然我買來各式各樣的藥膏，卻始終不見起色。去藥店買藥時，我都得把那種藥膏的名稱

10 日本漁民會利用章魚穴居的習性，使用籠子或壺罐誘捕章魚。

寫在紙條上拿去詢問，佯裝是受託前來買藥的。在我眼中，那些痘痘象徵著情欲，令我羞愧得感到前途一片黯淡，甚至想過不如一死百了。家裡人對我這張臉的惡評，同樣到了一個極致的地步。聽聞我那位已出嫁的大姊甚至說過：不會有人願意嫁給阿治的！我只能一股勁地拚命抹藥祛痘。

「弟弟也爲我的痘痘很是憂心，曾經好幾度替我去買藥。我跟弟弟從小感情不睦，在弟弟考中學時我甚至暗自祈求他落榜，直到兄弟倆一同離鄉背井之後，我才逐漸懂得弟弟的善良。弟弟長大之後變得沉默寡言，十分內向。他也時常寫些小品文投稿到我們的同人雜誌，但內容無非是無病呻吟。與我的成績相較，他對自己略遜一籌的分數感到非常苦惱，我若出言安慰，只會惹得他愈發不悅。還有，他也相當厭惡自己的髮際線形似富士山的美人尖，並且深信就是因爲額頭太窄，所以腦袋瓜才不靈光。唯獨這個弟弟，我願意包容他的一切。當時的我與人相處的模式，不是隱瞞一切，便是開誠布公，只有這兩個極端。我們兄弟倆可說是暢所欲言，無話不談。

「在某個看不到月亮的初秋夜晚，我們來到了港口的碼頭，迎著拂過海峽的涼風，聊著紅絲線的傳說。那是學校的國文教師在課堂上講給我們學生聽的一個故事：『我們右腳的小趾上繫著一條看不見的紅絲線，它的另一端往遠方長長地延伸出去，繫在某個女孩的同一根腳趾上。無論兩人相隔多麼遙遠、抑或多麼接近、甚至是在大街上遇見，這條紅線都不會纏成一團，而我們命中注定要娶到那個女孩當媳婦兒。』我在第一次聽到這個故事時相當興奮，一回到家裡立刻講給弟弟聽了。這天晚上，我們同樣在海浪的拍打和海鷗的叫聲中，聊起了這個故事。我問弟弟：你的夫人這時候在做什麼呢？他用雙手抓著碼頭的欄杆晃搖了兩三下，難爲情地說，『她正走在院子裡呢』。我覺得那種腳上趿著在院子裡穿的大木屐、手中輕執團扇、凝目欣賞夜來香的少女，跟弟弟特別般配。接下來輪到我說自己的妻子了，可我只望著黑漆漆的海面說了句，『她繫著一條紅腰帶……』，然後便語塞了。橫渡海峽的渡輪宛如一間龐大的旅舍，許許多多的艙房都亮著黃色的燈光，從海平面緩緩地出現。」

兩、三年後，我這個弟弟死了。我們還在一起念書時，特別喜歡去那座碼頭。即便在下雪的冬夜，我們兄弟倆依然打著傘去那座碼頭。雪，靜靜地飄落在港口深不見底的海上，那情景眞是美極了。近來連青森港亦是船舶輻湊，那座碼頭也塞滿了船隻，根本毫無景觀可言。還有，那條酷似東京隅田川的寬廣大河，即是流經青森市東部的堤川，很快便注入了青森灣。我所謂的河流，充其量只是堤川流入大海前的一小段，而其緩慢的流速，彷彿格外躊躇不前，甚至就快倒流回來。我望著那段緩慢的河流茫然愣怔。若是用個顯擺的比喻，可以說我的青春也彷彿是河水流入海裡之前一樣。也因此，在青森生活的這四年，成爲我難以忘懷的時光。關於青森的回憶，大抵就是如此了。此外，位於青森市以東十二公里左右，一處名爲淺蟲溫泉的海邊，同樣是我永遠難忘的地方。在此再次摘錄同一篇小說《回憶》裡的一節：

「入秋之後，我帶著弟弟從那座城市出發，前往搭乘火車三十分鐘左右即可抵達的一處位於海邊的溫泉勝地。家母帶著我那染病初癒的小姊姊，在那裡租了一間屋子，希望藉由浸泡溫泉幫她調養身子。我在那裡住了好久，努力準備升學考試。我向來被稱作秀才，爲了保有這頂頭銜，非得在中學四年級考進高中，讓大家瞧瞧不可。但是，也就是從那個時候起，我開始抗拒上學，並且日益嚴重，然而在無形壓力的驅趕下，我依舊繼續奮發苦讀。我天天都從那裡搭火車上學。到了星期天，朋友們會來找我玩，我們必定會一起去郊遊，在海邊找一塊平坦的岩石，擱上鍋子煮肉和啜飲葡萄酒。弟弟嗓音優美又會唱很多新歌，我們要弟弟教唱後齊聲合唱，玩累了就在那塊岩石上睡覺，一睜開眼卻赫然驚覺海面漲潮，原先與陸地相連的岩石竟在不知不覺中成了離島，我們以爲自己還在夢境中呢。」

或許這時候可以來上一句俏皮話——我的青春終於要流入大海了！淺蟲一帶的海水儘管清澈見底，但這裡的住宿品質卻有待商榷。坐落在天寒地凍的東北漁村的旅舍，理所當然具有漁家的野趣，絕不該有所苛求；但分明是鄉下，卻給人一種世故而滑頭的感覺，好似一隻不知天地之大的井底蛙，實在教人坐立難安。該不會僅只我一個感受到那股難以忍受的傲慢吧？話說回來，正由於那裡是故鄉的溫泉勝地，我才敢口無遮攔地說些難聽話。雖然我最近沒住過這處溫泉鄉，希望住宿費用不會貴得讓人咋舌，那就再好不過了。我顯然說得有些過火了。我已經好久沒在這裡住宿，只在搭火車經過時，由窗口眺望這個小鎮的家家戶戶。這段有感而發只是憑著貧窮藝術家一點點的直覺，並沒有任何根據，所以，我並不想把自己這個直覺強加於讀者身上，甚或希望讀者最好別相信我的直覺。我想，今天的淺蟲必定已然改頭換面，再度成爲一處不喜張揚的休養勝地了。此時，我腦中忽而掠過一個疑問：會否是青森市一些血氣方剛的風流客們，在某個時期促使這座天寒地凍的溫泉鄉莫名地爆紅呢？那些人身在茅屋卻沉醉於淺薄的幻想當中，以爲縱如熱海、湯河原的旅館老闆娘也不過如此呢？這些話不過是我這個偏執的窮文人，近來在旅途中常搭火車經過這座充滿回憶的溫泉鄉卻沒有下車，於是藉此一隅發發牢騷罷了。

津輕一帶的溫泉勝地以淺蟲溫泉最有名，其次或許是大鰐溫泉。大鰐位於津輕的南端，接近青森和秋田的縣界。比起溫泉勝地的名聲，這裡的滑雪場更是享譽全日本。大鰐的溫泉由山麓流出，此處仍保有津輕藩的歷史遺韻。我的至親們經常來這裡泡溫泉舒展身心，我少年時代也常來這邊，印象卻不如淺蟲溫泉那段日子來得鮮明。話說回來，儘管在淺蟲溫泉的一幕幕往事記憶猶新，倒未必都是愉快的回憶；反而對大鰐溫泉的記憶雖然模糊，卻十分教人懷念。

不曉得是否由於一處傍海、另一處依山的緣故。我已有將近二十年不曾造訪大鱷溫泉了，如今舊地重遊，會否亦如淺蟲溫泉一樣，帶給我猶如都市的殘杯冷炙過後的宿醉呢？我無論如何都沒法揮開對此地的依戀。跟淺蟲相比，這裡與東京的交通相當不便，這一點對我來說，反而是祈求它保有原貌的唯一寄託。這座溫泉鄉的附近還有個叫碇關的地方，是舊藩時代津輕與秋田之間的關卡，所以這一帶的歷史遺跡也很多，想必亦根深柢固地留下了津輕人昔日的生活樣貌。我因而認爲，這裡不會那麼輕易地遭到都市的現代化侵襲。另外，還有最後的一線希望是，從此地向北十二公里的弘前城，城上的天守閣迄今仍完整地保留下來，一年又一年的陽春時節，它總在櫻花的簇擁中彰顯著自己依舊矗立此地。我深信只要這座弘前城始終巍然屹立，大鱷溫泉就不會舔吮了都會的殘瀝而宿酒難醒。

弘前城。這裡曾是津輕藩歷史的中心。津輕的藩祖大浦爲信[11]於關原會

---

11 即津輕為信。參見本書第一四七頁。

戰[12]中加入德川軍，於慶長八年[13]由天皇下詔，成爲在德川幕府中僅次於德川家康將軍的諸侯，賜領四萬七千石俸祿，他立即在弘前的高岡規畫與修築城池，直到第二代藩主津輕信牧[14]的時候才終於竣工，也就是這座弘前城。從那個時候起，歷代藩主皆以這座弘前城作爲根據地。到了第四代的津輕信政[15]，這位將同族的津輕信英[16]分家，遷至黑石，由弘前和黑石兩藩協同統治津輕。這位津輕信政被譽爲元祿時代七位明君中的巨擘，他施行仁政，將津輕變得耳目一新。無奈到第七代津輕信寧[17]，遇上了寶曆[18]年間以及天明年間的幾次大饑荒[19]，又使得津輕一帶頓時淪爲人間煉獄，藩府的財政也捉襟見肘，前景黯然無光。在這樣晦暗的年代中，第八代的津輕信明[20]和第九代的津輕寧親[21]依舊毫不放棄，力圖挽救頹勢，直到第十一代的津輕順承[22]時代，這才總算掙脫了危機。接著來到第十二代的津輕承昭[23]時代，功德圓滿地奉還了藩籍[24]，從此誕生了今日的青森縣。這段經緯既是弘前城的歷史，亦爲津輕這地方的歷史大略。我原先打算在後續篇幅才詳述津輕的歷史，可現在我想寫一些自己對弘前的回憶，作爲這部《津輕》的序文。

12 戰國時代末期慶長五年（一六〇〇年），發生於日本美濃國關原地區的一場會戰，東西兩方聯軍的主帥分別為德川家康與石田三成，德川軍於一天內大獲全勝，從此取得天下。

13 慶長為一五九六年至一六一五年間的年號。慶長八年為一六〇三年。

14 津輕信牧（一五八六～一六三一），弘前藩第二代藩主，津輕為信之三男。其政績包括建蓋弘前城、發展城，奠定了藩政制度的基礎。

15 津輕信政（一六四六～一七一〇），第三代津輕信義之長子。曾任越中守，亦為元祿七明君之一，致力於奠定藩政體系，政績包括產業面的建設，例如開發新田、整治岩木川、屏風山造林等，並對文化產業多所貢獻。

16 津輕信英（一六二〇～一六六二），津輕信牧之二男、第三代津輕信義之弟、第四代津輕信政之監護人，後為第一代黑石津輕氏。

17 津輕信寧（一七三九～一七八四），第六代津輕信著之嫡長子。相傳於天明大饑荒時應變無能，導致領地人口驟減八萬人，相當於三分之一。

18 一七五一年至一七六四年間。

19 發生於天明二年至四年間（一七八二年至一七八四年）之大饑荒。

20 津輕信明（一七六二～一七九一），津輕信寧之嫡長子。

21 津輕寧親（一七六五或一七六一～一八三三），由黑石津輕家過繼給津輕信明的臨終養子。所謂臨終養子是指江戶時代武士門第之當家主尚未有子嗣，卻因意外或急病而即將死亡之際，為了避免香火斷絕而緊急收養兒子的緊急手段，若是當家主恢復了健康，亦可終止這項領養關係。

22 津輕順承（一八〇〇～一八六五），黑石藩第九代藩主，松平伊豆守津輕信明之三男，其後接任津輕藩第十一代藩主。

23 津輕承昭（一八四〇～一九一六），熊本藩主細川齊護之四男，津輕藩第十一代藩主津輕順承之四女常姬的贅婿。

24 藩屬的領地和人民。

我曾在這座弘前城的城邑住過三年。雖然我在弘前高中[25]的文科讀了三年，但當時我的一門心思全鋪在義太夫[26]上了。這種說唱曲藝令我倍感新奇。每天一放學，我便繞去一位精擅義太夫的女師傅家。記得我最初學的應該是〈朝顏日記〉[27]，現如今已忘得一乾二淨了。當時我也有模有樣地學了〈野崎村〉[28]、〈壺秇〉[29]以及〈紙治〉[30]等等曲牌。至於我為何會起心動念，學起這種不合身分的怪玩意？我雖不打算把責任淨推給這座弘前市，可還是想讓弘前市承擔一部分責任——原因在於這裡是義太夫風氣極度盛行的城市。市內的劇場經常舉辦業餘愛好者的發表會，我也曾去聽過一次。城裡的大老爺們慎重其事地穿上和服正裝[31]，一絲不苟地表演義太夫的唱段，儘管唱得不大高明，卻都一本正經地演唱，態度真摯，沒有半點拿腔拿調。青森市自古以來不乏風雅人士，有人苦練小曲[32]只為博得藝伎一句「大哥唱得真好哪」的誇讚，甚至還有機敏的人把自己的這項才藝當成政策或商場上的武器。在弘前市，諸如為了學習無益的說唱曲藝，不惜拚得渾身是汗卻別無他求的可憐老爺們，可說俯拾皆是。也就是說，如今在弘前市，似乎還有這種真正的傻子。又如《永慶軍記》[33]這部古書中亦有記載：「奧羽兩州[34]人心愚昧，甚或不知順服強者，只知彼爲先祖之敵、此爲鄙賤之人，僅憑一時武運而顯耀威力，堅不屈從。」弘前人就具有這種眞正的愚人氣概，縱使節節敗退亦不懂得向強者鞠躬哈腰，只管固守自矜孤高而淪爲世人笑柄。我在這裡受到了三年的薰陶，誘發出不可救藥的思古幽情，不僅熱衷於義太夫，更成了一個性格浪漫的男子。下述文

25 舊制官立高校，為弘前大學的前身。太宰治於一九二七年四月至一九三〇年三月間於該校就讀。
26 義太夫，淨琉璃小調的簡稱，由竹本義太夫推廣的淨琉璃之其中一派，一種使用粗杆的三弦琴伴奏的說唱曲藝。
27 淨琉璃曲牌〈生寫招顏話〉的俗稱。
28 淨琉璃曲牌〈新版歌祭文〉上卷後半段的俗稱，男女主角阿染與久松在整齣劇中最為經典的段落。
29 淨琉璃曲牌〈壺坂靈驗記〉世態劇的其中一節，作者不詳，於一八七九年首演。
30 紙屋治兵衛的簡稱。由淨琉璃曲牌〈網島殉情錄〉改編而成的〈紙屋治兵衛殉情記〉之俗稱。
31 江戶時代武士的全套正式禮服，亦為義太夫淨琉璃小調裡的太夫身穿的禮服，引申為態度拘謹的比喻。
32 以三弦琴伴奏演唱的簡短民謠。
33 《奧州永慶戰記》的簡稱，作者為戶部正直，自序寫於元祿十一年，共有四十卷與附錄一篇。
34 陸奧和出羽兩地區的合稱。陸奧的領地大致是現在的福島縣、宮城縣、岩手縣、青森縣、秋田縣東北地區的鹿角市與小坂町；出羽的領地大致為現在的山形縣和秋田縣，但不包含秋田縣東北地區的鹿角市與小坂町。

章[35]便是最佳的佐證。這是我以前寫的小說其中一節，在虛構的情節中依然秉持了一貫逗趣的風格，可我不得不苦笑著坦承，我當年的生活樣貌大致就是這個模樣：

「在咖啡廳裡喝葡萄酒還算不上什麼，後來竟又學會了大搖大擺地和藝伎一同上傳統料理餐館吃飯的本事。少年並不覺得這有什麼不對，甚至相信這種瀟灑又帶點流氓氣的舉止，便是最高尚的趣味。到城邑街區古老而寧靜的傳統料理餐館吃過兩三次飯之後，少年愛打扮的本能忽又冒了出來，而且這回簡直一發不可收拾。在看了《消防隊鬥毆事件》[36]那齣劇作之後，他就想穿上建築工人[37]的工作服，大模大樣地盤腿坐在可欣賞後院景致的餐館包廂裡，揚聲吆喝著『嘿，大姐，今兒個可眞美呀！』於是他興沖沖地著手打點那身行頭。藏青色的圍裙馬上就到手了。他在圍裙前方的兜袋裡塞了個樣式古老的錢包，兩隻手就這麼揣在懷裡走在街上，看起來還眞像個頗具派頭的流氓。他買了硬扁腰帶[38]，就是那種使勁一勒便嘎吱作響的博多腰帶[39]。他還去和服店訂做了一套唐棧[40]單層和服，結果做出來一件莫名其妙的成品，教人分不清究竟是建築工還是賭徒或是店員的服裝，成了件四不像。總而言之，只要看起來像是舞台上的戲服，少年就很滿意了。時序剛入夏，少年赤著腳丫趿上麻繩裡子的草鞋。到此爲止還算說得過去，可少年這時又冒出了一個鬼靈精怪的主意。他想要一條貼腿褲[41]。他看到戲裡的建築工穿著藏青色的貼身棉長褲，自己也想要一條。戲裡的演員啐了一句『你這個醜八怪[42]！』，衣擺一撩，俐落地挽到了臀後。當時那條惹眼的藏青色貼腿褲，就這麼烙印在他的眼底。單穿一條褲叉可不成！少年於是踏遍了城邑的每一個角落，挨家求購那種貼腿褲，可哪裡也

35 引自〈時尚童子〉。
36 歌舞伎劇目《神明惠和合取組》之俗稱，竹柴其水的作品，根據文化二年真實發生在芝神明宮的建築工人兼消防員和相撲選手發生鬥毆事件予以改編而成，於一八九〇年首演。
37 從事需要爬高處工作之土木、建築工人，以前多半兼任消防員。
38 雙層縫製的扁硬窄幅男用和服腰帶。
39 博多（現在的九州福岡市東半部）特產的和服腰帶，材質為熟絹，使用平織方法製成，質地堅韌。
40 由印度傳入日本的一種條紋棉布，又稱棧留條紋布。
41 工匠、建築工人、車伕穿著的細筒貼身防寒棉褲。
42 原意是一種嘟嘴瞪眼的小丑面具。

沒賣。「聽我說，喏，就是泥水匠穿的那種緊身的藏青色貼腿褲嘛，這兒沒賣嗎？沒有嗎？」他拚了命地說明，找遍了和服店和布襪店，然而店家紛紛搖頭笑著說，『哦，那東西呀，現在只怕……』當時已經相當炎熱，汗流浹背的少年依然到處尋找，總算遇上一個店主告訴他好消息，『我家雖然沒賣，不過拐進巷子裡有一家消防用品專賣店，你去那兒打聽打聽，說不定買得到。』聽到這話，少年這才發現自己早前居然沒想到這上頭去。提到建築工人，其實他們還兼做救火義工，如今改稱消防員。原來如此，眞有道理！他立刻依照店主告訴他訊息，精神抖擻地趕往巷裡的那家商店。店裡陳列著大大小小的消防水泵，連消防隊旗都有。他一時膽怯了，後來還是鼓起勇氣詢問『有沒有貼腿褲？』，對方立刻回答『有。』並隨即拿出一條藏青色的貼腿棉褲。褲子倒是沒錯的，壞就壞在沿著褲腿兩側還縫上了紅色的寬邊條紋，亦即消防隊的標誌。他畢竟沒有勇氣穿著這種褲子走在大街上，無奈之下，不得不忍痛放棄。」

縱使在傻子的原產地，如此愚蠢的笨蛋只怕仍屬罕見。就連抄錄這段原文的筆者自己，也看得有些悶悶不樂了。我方才是否提到了，那條跟藝妓們一起吃飯的傳統料理餐館所在的煙花巷叫作榎小路？畢竟那已是近二十年前的往事，逐漸淡忘了。不過，那裡是位在宮坂下方的榎小路，這我倒還記得。另外，我滿頭大汗到處尋找藏青色貼腿褲的地方，就在城邑裡一處名叫土手町的最熱鬧商圈。青森也有一處氣氛相似的煙花巷，叫作濱町。我認為這個名稱沒什麼特色。至於相當於弘前市土手町的商圈，在青森名叫大町。這個名稱我同樣覺得不怎麼樣。在此順帶將弘前和青森兩市的町名列出來，或許能意外窺見這兩座小城市的不同特色。弘前市的町名有：本町、在府町、土手町、住吉町、桶屋町、銅屋町、茶亭町、代官町、萱町、百石町、上鞘師町、下鞘師町、鐵砲町、若黨町、小人町、鷹匠町、五十石町、紺屋町等等；至於青森市的町名如下：濱町、新濱町、大町、米町、新町、柳町、寺町、堤町、鹽町、蜆貝町、新蜆貝町、浦町、浪打、榮町。

但是，我絕沒有因此認為弘前市是上等城市，青森市是下等城市。比方鷹匠町、紺屋町等具有古樸風情的地名，並非是弘前市獨有，相信在日本全國各地的城邑市鎮，必定也有這樣的名稱。不過，弘前市岩木山的景色，倒是比青森市的八甲田山來得優美。可是請別忘了，津輕出身的小說家葛西善藏[43]先生曾經如此教誨同鄉的晚輩：「你們千萬不可以驕傲自大啊！岩木山看起來之所以壯麗，是因爲岩木山周圍沒有更高的山岳。只消去其他地方瞧瞧，這樣的峰巒隨處可見。就因爲周圍沒有高山，這才造就出那片壯麗的風光。千萬不可以驕傲自大啊！」

歷史悠久的城邑都市，在日本各地全國可以說多不勝數，爲何弘前城邑的居民們那般執拗地爲其封建性感到自豪呢？毋庸贅言，與九州、西國、大和[44]等地相比，津輕這裡幾乎可以說都是新開發的地區，哪裡有值得向全國誇耀的歷史呢？即便把時間拉到近代的明治維新時期，這個津輕藩可曾出現過哪些保皇志士嗎？而藩府的心態又是什麼呢？說得露骨一些，津輕藩充其量只是跟在其他藩國後面亦步亦趨罷了，根本沒有則足以拿出來說嘴的優秀傳統。可弘前人卻固執地端起架子，無論面對任何強悍的勢力始終深信「此爲鄙賤之人，僅憑一時之運而顯耀威力，堅不屈從」。據聞，本地出身的陸軍大將一戶兵衛閣下[45]歸鄉之時，必定身穿和服與毛織斜紋褲裙。因爲他很清楚，倘若身穿戎裝回鄉，鄉親們必定會瞪大眼睛叉著腰斥罵：他算什麼東西？不過碰巧時來運轉罷了嘛！因此他回家省親時，必定明智地換穿和服與毛織斜紋褲裙。即便這不盡然是事實，這種傳言也未必是空穴來風。弘前城邑的居民們就是擁有一身莫名的凜然反骨。說穿了，我其實也有一副同樣難以對付的硬骨頭。或許不能把這個當成唯一的因素，可總之我到今天始終沒能脫離大雜院[46]的生活。幾年前，我接到了某家雜誌社索稿，希望我根據「寄語故鄉」的主題寫幾句話，我給的回覆是：

---

43 葛西善藏（一八八七～一九二八），日本小說家，生於青森縣弘前市，之後陸續住過青森、五所川原、碇關等地，為《奇蹟雜誌》的同人，被譽為破壞性之藝術至上主義的私小說家，代表作有《悲哀的父親》、《帶著孩子》、《湖畔手記》等。

44 現在的奈良一帶。

45 一戶兵衛（一八五五～一九三一），生於青森縣弘前市的日本軍人，曾參與西南戰爭、日清戰爭與日俄戰爭，歷任第六旅團長、師團長、將軍，最後接任教育總監，亦曾執掌學習院院長、明治神宮宮司職位，為人高風亮節，深受國民敬愛，被譽為繼承了乃木希典將軍（一八四九～一九一二）之遺風。

46 一戶戶連棟相依的細長型大雜院，以現代住宅來形容，可以說是公寓式的平房。

「愛之深，恨之切。」

我在這裡說了不少弘前的壞話，但這些並不是因爲厭惡弘前，而是筆者對自身的反省。我是津輕人，我的歷代祖先都是津輕藩的子民。正因爲我是血統純正的津輕人，才能如此肆無忌憚地大講津輕的壞話。但是，如果其他地方的人聽到我講這些壞話，因而全盤盡信並且瞧不起津輕，我想自己還是會覺得不大高興。再怎麼說，我畢竟深愛著津輕。

弘前市。目前當地的居民有一萬戶，總共五萬多人。弘前城和最勝院[47]的五重塔已被指定爲國寶。據說田山花袋[48]曾經讚譽櫻花時節的弘前公園爲日本最美的景致。弘前師團[49]的司令部也設在這裡。另外，有個叫「拜山」的民俗儀式，民眾於每年陰曆的七月二十八日到八月一日前後三天之內，上山參拜位於津輕靈峰之岩木山頂的奧宮，參拜的人數多達數萬，往返時都要穿過這座城市，那幾天整個市鎮滿是人潮，熱鬧極了。以上便是旅遊指南裡簡要介紹弘前市的資訊。可在我看來，如果在介紹弘前市時只提到這幾項，實在沒法讓我服氣。我因而試著依循年少時光的種種回憶，竭力讓弘前的樣貌透過我的描寫得以躍然紙上；可我想了老半天，淨是一些乏善可陳的瑣事，寫來總不順心，到頭來竟然寫成了大出自己意料的惡言連篇，把筆者自身給逼上了窮途末路。這是因爲我太在意這座津輕舊藩的城邑。這裡本該是我們津輕人的精神原鄉，但依照我前文的介紹，根本還沒把這處城邑居民的性格講解清楚。天守閣的四周有著櫻花環繞，這並不是這座弘前城所獨有的景致，日本全國各地的城池多數都長滿了櫻花，不是嗎？單是因爲旁邊有一座櫻花掩映的天守閣，就認定大鱷溫泉還留有津輕的氣息，這未免過於武斷了吧？我方才一時得意忘形，愚蠢地寫下了「只要這座弘前城始終巍然屹立，大鱷溫泉就不會舔吮了都會的殘瀝而宿酒難醒」的文字；可經過了一番仔細的推敲，那似乎只是筆者以華麗的詞藻

47 金剛山光明寺，建於一六六七年，屬於真言宗智山派，院地內的五重塔已被列入重要文化資產。

48 田山花袋（一八七一～一九三〇），日本小說家，生於群馬縣，為自然主義文學的代表性作家，代表作包括《棉被》、《生》、《田舍教師》，亦留下不少隨筆與旅行記事，如《東京三十年》等。

49 第八師團司令部，轄區範圍包括青森縣、秋田縣、岩手縣、山形縣與宮城縣的栗原郡、登米郡、本吉郡，被譽為日本陸軍之「最強師團」。（師團為陸軍部隊可獨立作戰的固定編組單位中，規模最大的各職種聯合作戰部隊）

堆砌出放蕩的感傷而已，令我心裡一下子沒了底，彷彿抓不到任何依靠。說到底，都怪這座城邑不爭氣！往昔藩主世襲的城池就坐落於此，可縣廳的所在地卻被另一個新興城市給搶走了。日本全國各縣的縣廳所在地大都挑在藩國的城邑，然而青森縣的縣廳卻不是設在弘前市，而被青森市奪去了這份殊榮。我甚至認爲，這是整個青森縣的悲哀。我對青森市絕對沒有偏見，能夠看到新興城市的繁榮景象也倍感欣慰。我只是生氣這座弘前市分明落敗了，卻還是吊兒郎當，滿不在乎。想幫落敗者加油打氣是人之常情，我想方設法要迴護弘前市，儘管文辭拙劣，仍竭盡全力振筆疾揮，卻終究沒能寫出弘前市最關鍵的優點，以及弘前城得天獨厚的強項。我在此重申：這裡是津輕人的精神原鄉！這裡應該有不同凡響之處！這裡應該有到日本各地都找不著的獨特並且了不起的傳統！我確實有一股強烈的急切，卻不知道那是什麼，也沒辦法具體描繪出來，自傲地展現給讀者看。這令我萬分懊悔，心焦如焚。

記得那是在一個春天的黃昏，當時還是弘前高中文科生的我獨自走訪了弘前城。當我站在城前廣場一隅眺望岩木山時，陡然驚覺一座夢幻的城鎮在我腳下悄悄地鋪展開來，令我頓時心頭一凜。我此前一直以爲，這座弘前城只是孑然孤立於弘前街市的邊緣，沒有想到，瞧！城腳下竟有一處我從未見過的古典小鎮，鎮上連棟相依的小巧屋舍，屏聲斂息地蜷縮著，就和數百年前一模一樣。年少的我宛如身在夢中，不由得深深地嘆了一聲：哎，連這種地方也有小鎮呢！那一刻，我領略到經常出現在《萬葉集》[50]等和歌集裡的「隱沼」[51]一詞的意涵。不知道爲什麼，我當下對弘前、對津輕，似乎都有了頓悟。只要這座小鎮存在，弘前就絕不會成爲俗庸之地。雖說如此，這僅僅是我自以爲是的看法，或許讀者根本一頭霧水，然而現下的我也只能強硬地主張：正因爲弘前城擁有這處隱沼，這才堪稱爲稀世名城。只要隱沼之畔繁花滿枝、白牆雪壁的天守閣默然聳立，這座城必然是天下名城，並且，在這座名城近旁的溫泉，也

50 奈良時代（約七世紀中期至八世紀中期）現存最古老和歌集，共二十卷，最後由大伴家持統合彙編，彙蒐作品以短歌為主，共約四千五百首，書中收錄和歌數量較多的歌人包括額田王、柿本人麻呂、山部赤人、山上憶良、大伴家持等人。

51 隱藏在茂盛草木中的池沼。

永遠不會失去淳樸的特質。對此，我想套用一句流行語：我嘗試「抱持高度的信心」[52]，與這座心愛的弘前城訣別。想想，敘述自己的至親是那麼樣的困難，而談起故鄉的本質也同樣不是一件容易的事。究竟該讚揚，抑或該貶損，我眞的不知道。我在這部《津輕》的序文中，對金木、五所川原、青森、弘前、淺蟲、大鱷，分享了我年少時代的回憶，並且不知天高地厚地拼湊出一連串冒瀆的批評，可我對這六個城鎭的看法究竟是否眞確呢？一想到這裡，我不由得又悶悶不樂了起來。也許我口出狂言，罪該萬死吧。在我過往的人生當中，這六個城鎭是我最爲熟悉，也是養成了我的性格，決定了我的命運的地方，或許這反倒成爲我探討它們時的盲點。我此刻深深地體會到，自己絕不是講述這些城鎭的最佳人選。在以下的正文中，我會盡量避免談起這六座城鎭。那麼，我就說一說津輕的其他城鎭吧。

我在序文的開頭寫過：「某年春天，我首度到本州北端的津輕半島遊歷了一趟。那段三星期左右的旅行，堪可在我三十幾年的人生中記上一筆。」而今，我即將踏上歸途。這一趟旅行，我有生以來頭一次看到了津輕的其他城鎮。此前，除了那六個城鎮之外，我眞的從來不曾去過其他地方。讀小學的時候，我在遠足或郊遊時到過鄰近金木町的幾個村落，然而那些並沒有讓現在的我留下深刻的印象，成爲懷念的記憶。即使上中學時的暑假回到金木町的老家，我也成天懶躺在二樓西式房間的長椅上，一邊就著瓶口猛灌汽水，一邊隨手翻閱哥哥們的藏書，從不外出旅遊。即使上了高中，一放假總要去東京找最小的哥哥[53]玩（我這個哥哥學習雕刻，二十七歲的時候去世），高中畢業後就到東京讀大學，此後有十年之久都不曾返鄉。所以，此一趟津輕之旅對我來說，不能說不是一樁重大的事件。

關於我此次旅途中造訪過的各個村鎮的地勢、地質、天文、財政、沿革、教育、衛生等方面，我想盡量避免提出以專家自居、佯裝精通的見解。即便提出了若干看法，亦不過是臨陣磨槍、借花獻佛而已。倘若有人想了解得更爲透

52 日本於第二次世界大戰期間預測戰況時經常使用的詞語。
53 意指三哥津島圭治，於一九三〇年六月東京美術學校（現在的東京藝術大學）在學期間過世。

徹，請諮詢當地的專家。我有我另外的專長，世人姑且將它稱爲「愛」。這是一項研究人與人心靈交流的科目。在這趟旅程中，我主要鑽研的是這個課題。不管從哪個面向切入研究，我想，只要終究能把津輕目前的生活樣貌，如實地傳達出來，那麼作爲昭和年代的「津輕紀行」，這篇文章應當就算及格了吧。哎，只盼眞能如我所願。

一、巡禮

「我問你，爲什麼要去旅行呢？」

「因爲苦悶啊！」

「你成天嚷嚷著苦悶呀苦悶的，這話誰信哪？」

「正岡子規[1]三十六、尾崎紅葉[2]三十七、齋藤綠雨[3]三十八、國木田獨

1 正岡子規（一八六七～一九〇二），日本俳人與歌人，生於四國松山，以簡明淺顯的寫生文辭確立了日本派俳句。對友人柳原極堂一八九七年創立之《杜鵑雜誌》支援不遺餘力。提倡寫生文，發起根岸短歌會，極力改革短歌，奠定了短歌詩壇之「阿羅羅木派」的基礎。

2 尾崎紅葉（一八六七～一九〇三），日本小說家，生於江戶，明治文壇的大家，發起硯友社並發行文學同人誌《我樂多文庫》，代表作為《金色夜叉》。

3 齋藤綠雨（一八六七～一九〇四），日本小說家與評論家，生於三重縣，明治文壇的大家，師事假名垣魯文學習劇作，以充滿諷刺、詼諧與戲謔的作品風格而受到矚目，代表作有《油地獄》、《捉迷藏》等。

步[4]三十八、長塚節[5]三十七、芥川龍之介[6]三十六、嘉村礒多[7]三十七。」

「什麼意思？」

「那些傢伙死掉的年紀呀！他們就這麼一個接一個死了。算算，我也快到那個年紀了[8]。身爲一個作家，這個年紀正是緊要關頭。」

「那就是你所謂苦悶的時候嗎？」

「什麼呀？別瞎說了！妳多少總也明白一些吧？不說了，再講下去就像故弄玄虛了。喂，我出門旅行啦！」

或許是我多少長了些年紀，總覺得向人解釋自己的感受，未免有裝腔作勢之嫌（況且那大都是些老生常談的虛僞文辭），因而什麼都不想說了。

某家出版社和我熟識的編輯從以前就問了我幾次：要不要寫一寫津輕呢？再加上我也想在有生之年看遍自己生長之地的每一個角落，於是就在某一年[9]的春天，以一身乞丐般的裝束從東京出發了。

出發的日期是五月中旬[10]。使用「乞丐般」這樣的形容，我想應該是一種主觀看法，可即便客觀來說，我的裝束也並不怎麼稱頭。我連一套西裝都沒有，只有勤勞服務[11]的工作服，而且還不是去裁縫舖特別訂做的，只是妻子拿家裡現成的棉布塊染成藏青色後兜湊出來的夾克外套和長褲，成了看來頗為古怪的工作服。而且布料剛染完的顏色的確是藏青色沒錯，可穿上它外出一兩次後，馬上就變成了帶紫的奇怪顏色。即便是紫色的女用洋裝，也得穿在絕色佳

4 國木田獨步（一八七一～一九〇八），日本小說家與詩人，生於千葉縣，初期文風屬於浪漫主義，逐漸轉為寫實與知性，成為自然主義文學的先驅。代表作包括《武藏野》、《春鳥》、《源老頭》、《篝火》、《少年的悲哀》等。

5 長塚節（一八七九～一九一五），日本歌人與小說家，生於茨城縣，師事正岡子規，為《馬醉木雜誌》之同人，歌風纖細而清澄，寫生文小說《土》為其代表作。

6 芥川龍之介（一八九二～一九二七），日本小說家，生於東京，三、四期《新思潮》同人，作品《鼻》獲得夏目漱石肯定而躍上文壇，發表多篇充滿感性的短篇小說，代表作包括《羅生門》、《地獄變》、《齒輪》、《軌道列車》等。

7 嘉村礒多（一八九七～一九三三），日本小說家，生於山口縣，將個人生活暴露在作品中，形成獨特的私小說寫法，代表作有《業苦》、《崖下》等。

8 指一九四四年，作者該年三十六歲。

9 指一九四四年。

10 太宰治於一九四四年五月十二日至六月五日前往津輕旅行。

11 為了社會利益而無償從事公益活動，此處指太平洋戰爭時日本政府推行之徵集勞動力的政策。

人的身上才好看。我就在這條紫色的工作褲上，纏上人造羊毛短纖的綠色綁腿，再穿雙白粗麻布的膠底鞋，頭上戴的同樣是人造羊毛短纖的網球帽。向來注重衣著的我，人生中頭一遭以這副模樣出遊。不過，背包中到底還是塞進了用母親的遺物重新縫製、繡有家徽的單層外褂和大島綢的夾衣[12]，還有一件仙台綢的褲裙。畢竟保不準會遇上什麼正式的場合，屆時就能派上用場了。

我搭乘十七點三十分由上野車站出發的快車。隨著夜色漸沉，寒意愈發襲人。我在那件貌似夾克外套底下只穿了兩件薄襯衫，而長褲裡面更只有一條褲叉。且不說我沒料到今晚的嚴寒，就連穿著冬季外套還備了毛毯蓋腿的人嘟囔著「冷死了！今天晚上怎麼冷成這個樣子呀！」這個時節在東京，路上已可見到有些性急的人早早換上嗶嘰布料的單層和服了。我一時大意，竟忘了東北的嚴寒，只得盡量把全身縮成一團，成了如假包換的龜縮模樣，喃喃自語：正是！這就叫「滅卻心頭」[13]的修行！然而愈近拂曉，凍寒更是有增無減。彼時的我已然放棄了「滅卻心頭」的修行念頭，滿腦子打轉的只有現實而庸俗的主意，一心巴望著快快到達青森，找個旅舍盤腿坐在暖爐旁，愜意地喝上熱酒。

火車在早上八點鐘抵達青森，T君來車站迎接。我早前已事先捎信知會他了。

「我還以爲您會穿和服來。」

「那已經過時了。」我盡量以談笑的語氣說道。

T君帶著女兒來接我。我這才猛然想到，早知道就該給孩子帶點禮物。

「總之，先去我家歇一下吧？」

「謝謝。不過，今天我想在中午之前趕到蟹田的N君家。」

「我知道，我聽N先生說了，他正在恭候大駕。總之，在開往蟹田的巴士發車之前，先到我家歇個腿吧！」

我先前那個盤坐在暖爐旁喝熱酒的庸俗願望，居然奇蹟似地實現了！到了T君家，屋裡的地爐已升起熊熊炭火，鐵壺裡也熱著一壺酒。

「遠道而來，辛苦您了。」T君恭敬規矩地向我行禮，「您用啤酒嗎？」

12 有內裡的和服外褂。

13 語出「安禪不必須山水，滅得心中火自涼」。意指無論遇到任何苦難，只要內心能夠超越外在，就不會感覺到痛苦。

「不，我喝清酒。」我輕聲乾咳。

T君曾待過我家，主要負責管理雞舍。他與我同齡，所以我們常一塊玩。我當時還曾聽外祖母[14]這樣批評T君：「那小子會罵女佣，眞不知道該說他好還是壞。」後來T君去青森市上學，又進了青森市某家醫院工作，很受病患和同事們的信賴。前些年他曾出征到南方的孤島打仗，去年因病返鄉。病癒之後，又回到原來的那家醫院工作。

「你在戰地的時候，最高興的事是什麼？」

「當然是……」T君立即回答，「在戰地喝到滿滿一杯配給的啤酒。我會小心翼翼地一小口、一小口吸啜，喝到一半想離開杯緣喘口氣，可嘴脣卻牢牢巴著杯子不肯放，怎麼樣也沒法放開杯子。」

T君曾是一位嗜酒之人，現在卻滴酒不沾，還不時輕咳幾聲。

「你身子怎麼樣了？」

T君在很久以前曾罹患肋膜炎，這次在戰地時又復發了。

「我從戰地回來，現在算是在後方服務。如果沒有那段生病受折磨的經歷，如今在醫院醫治病人時就無法面面俱到。這回我可眞有了深刻的體悟。」

「看來，你的醫德愈來愈崇高了！老實說，你那個胸疾……」我開始有了醉意，竟大放厥詞向醫生教起醫學來了，「根本是精神的疾病，只要忘了它，就會好起來的，有時候也得痛快地喝個夠呀！」

「您說得是，小酌怡情。」他說著，笑了起來。看來，我那毫無根據醫學論述並未得到正規醫生的認同。

「您要不要用些飯菜？只是青森這時節沒什麼當令的鮮魚。」

「不了，謝謝。」我心不在焉地望著一旁備妥的菜餚，「看起來都十分美味可口呀！給你添麻煩了，只不過我不大想吃東西。」

這趟津輕之旅，我在心中打定了主意，那就是對吃食要清心寡欲。我並非聖賢，一本正經地說這種話實在很難爲情，但是東京人對食物的欲望實在超過

14 太宰治的父親是入贅女婿，位於津輕金木町的津島家是太宰治母親的娘家。在本文第二〇四頁對此有詳細說明。

限度了。可能我生性守舊，儘管覺得俗諺所說的「武士肚飢叼牙籤」[15]那種近乎自暴自棄、打腫臉充胖子的愚蠢心態相當滑稽，卻依然深深地喜愛這句話。我覺得武士大可不必叼牙籤裝派頭，但這就叫男子漢的氣魄。所謂男子漢的氣魄，往往會以滑稽的形式呈現出來。聽說有些一沒骨氣二沒幹勁的東京人，到了鄉下就語氣誇張地哭訴住東京的人都快餓死了，然後央求鄉下人拿出白米做飯給他們，米飯上桌就千恩萬謝地扒飯大啖，同時不忘逢迎拍馬，堆出猥瑣的笑意涎著臉懇求：還有什麼可吃的嗎？有芋頭嗎？眞是太好了，好幾個月沒吃到這麼美味的東西了！我還想順便帶點回家，能不能分一些給我呀？我確信每一個東京人都配給到份量相同的糧食，卻單單只有那些人抱怨快要餓死了，這實在很奇怪。也許他們的胃囊比別人大上一號吧。總而言之，哭求索討食物簡直不成體統。且不說値此非常時期，就該打著爲國爲民的大旗而自我犧牲，至少無論身在任何時代，都應當秉持一個人的尊嚴。我還聽說，就因爲有少數例外的東京人去到外地就胡說一通，抱怨帝都糧食缺乏，因而外地人都瞧不起東京的來客，當他們全是一群來劫掠食物的傢伙。我這一趟可不是爲了劫掠食物才來到津輕的。儘管我這身紫色的裝束真像個乞丐，可我是個崇奉真理和愛情的乞丐，絕不是討食白米飯的乞丐！——我不惜用上台講演的誇張語調、外帶擺個亮相說這段話以加強戲劇效果，也非得維護所有東京人的名譽不可！這是我這趟來到津輕前下定的決心。萬一有人對我說：「來來來，這是白米飯，盡管吃到撐破肚皮。聽說東京沒東西吃吧？」即便他是由衷的好意，我也只吃一小碗，還要回敬一段話：「大概是吃慣了吧，我覺得還是東京的米飯好吃。就連下飯菜，也恰好會在吃光的時候發了配給。我的胃好像也跟著縮小許多，吃一點就覺得飽了，妙哉妙哉！」

沒想到我那套乖僻的心思，可以說是完全白費了。我走訪了津輕各地的親朋好友，沒有任何一個人對我說：「這是白米飯呀，盡管吃到撐破肚皮！」尤其是我那位高齡八十八的外祖母，更是一臉正經地告訴我：「東京是個什麼好

15 形容武士即便窮愁潦倒而無從裹腹，也會叼著牙籤假裝剛已飽餐一頓。亦即，注重體面的武士即使陷於貧困，亦佯裝安於清貧。

東西都吃得到的地方，就是想弄點好吃的給你，也想不出來該弄什麼才對。我本想給你吃點酒糟醃瓜，可不曉得怎麼回事，這陣子連酒糟都找不到了。」外祖母這番話讓我備感幸福。事實上，我這回見的都是些對吃食不怎麼在意的老實人。爲此，我感恩老天爺賜予我的幸運。沒有人把美食特產硬塞給我，叫我這個也帶走、那個也帶走，多虧如此，我才得以一路輕裝，逍遙自在地繼續旅程；可當我回到東京家一看就傻了，因爲此行所到之處的主人家，都已體貼地先我一步，把包裹寄到家裡來了。這些是題外話。總之，T君並沒有特別殷勤地勸酒讓菜，更絲毫沒有提及東京目前糧食供應的狀況。我們主要聊的話題，還是我們兩人以前在金木町的家中一起玩耍的往事。

「話說，我眞把你當成好兄弟哩！」

這實在是粗魯、失禮、諷刺、裝腔又擺譜的狂妄之語。話一出口我就侷促不安了——我就找不到別句話好說的嗎？

「那樣反倒教人不愉快了。」T君像是也敏感地察覺到了。「我在金木町是你家的佣人，而你是主人。如果你不這樣想的話，我可不高興了。說來奇怪，日子都過二十年了，我到現在還常夢見你在金木町的家，連上戰場時也作過夢——完了！我忘了餵雞啦！然後就從夢裡驚醒。」

巴士發車的時間到了，T君陪我一起出了門。外頭已經不冷，天氣很好，再加上我喝了熱酒，別說不冷，額頭都還冒了汗呢。我們聊到了合浦公園現在正是櫻花盛開的時節。青森市的街道乾燥又潔白，噢不，醉眼惺忪看到的朦朧景象還是閉口不提才好。青森市目前正傾力發展造船工業。我半路順道去給中學時代照顧過我的豐田伯父上了墳，然後就趕去巴士車站了。假如是以前的我，可能會隨口邀T君同行：走吧，跟我一起去蟹田吧？可我畢竟長了些歲數，多少學會了一點人情世故，要不就是……哎，那種複雜的心情暫且按下不表。總之，我們雙方都已成爲大人了。所謂大人，就得忍受孤獨，即使友情濃厚，也不得不小心翼翼地相互客套。爲什麼非得小心翼翼不可呢？答案是，不爲什麼。只因爲已經遇過太多受騙上當、丟人現眼的事了。不能相信別人，這是從青年蛻變成大人的第一堂課。大人就是曾經受騙上當的青年所映出來的身影。我保持沉默，向前走去。這時，T君突然開了口：

「我明天會去蟹田。搭明天一早的第一班車去。我們就在N先生家碰面吧！」

「醫院那邊呢？」

「明天是星期天。」

「哎，原來如此！你怎麼不早點說啊？」

看來，我們心裡都還保有當年的那個純眞少年。

二、蟹田

津輕半島的東海岸從以前就被稱作外濱，船舶往來十分熱鬧。從青森市搭乘巴士沿著東海岸北上，途經後潟、蓬田、蟹田、平館、一本木、今別等村鎮，就到達以源義經[1]的傳說而聞名的三廄村，這段車程大約是四個小時。三廄村是巴士的終點。再從三廄村沿著濱海小徑往北步行三個小時左右，方能抵達龍飛村。顧名思義，到此已是陸路的盡頭，而這裡的海角便是名副其實的本州最北端。然而，此處最近成為國防要地，絕對不能寫出這地方的交通數據與其他具體事項。總而言之，外濱這一帶保存了津輕地區最古老的歷史，而蟹田町是外濱最大的村鎮。從青森市搭乘巴士經過後潟和蓬田，約莫需要一個半小

1 源義經（一一五九～一一八九），日本平安時代末期的武將，幼名牛若丸，源義朝的九男，在源平會戰中戰功彪炳，後因遭到兄長源賴朝的嫉妒並追殺，於走投無路下自盡。其具有傳奇與悲劇性的生涯極受後人喜愛，成為諸多故事、戲劇與繪畫的題材。

時，抑或將近兩個小時才能到達蟹田，這裡是所謂外濱的中央地區。蟹田居民將近一千戶，人口則是超過五千。放眼外濱一帶，新近落成的蟹田警察局，可說是其中最為堂皇醒目的建築物了。蟹田、蓬田、平館、一本木、今別、三廄，也就是外濱的所有村鎮都屬於這個警察局的管轄範圍。依照一位叫作竹內運平[2]的弘前人所寫的《青森縣通史》[3]裡頭記載，蟹田的靠海處曾經是鐵砂的產地，雖然現在已經絕礦了，但在慶長年間建造弘前城的時候，還用過由蟹田海濱的鐵砂冶煉而成的鐵材。此外，在寬文[4]九年發生蝦夷暴亂[5]之際，甚至為了鎮壓而在蟹田海濱新造了五艘大船。另外，在第四代藩主津輕信政在位的元祿[6]年間，這裡更被指定為津輕九浦[7]之一，並且派任町奉行官[8]，主管木材出口事宜。不過，這些全是我事後翻查資料才知道的，以往我只曉得蟹田是著名的螃蟹產地，還有我中學時代唯一的朋友N君住在那裡。我此次遊歷津輕想順道叨擾N君家，因此出發前就捎了信去，信裡頭大概是這樣寫的：「請別費心張羅，裝作不知道我要去就好。千萬別來車站接我。倒是蘋果酒，還有螃蟹，這兩樣就麻煩你了。」雖然我告誡自己此行只能粗茶淡飯，可唯獨螃蟹是例外。因爲我特別愛吃螃蟹。說不上來什麼理由，總之就是特別喜歡。我愛吃的全是些螃蟹、蝦子、蝦蛄這一類沒有任何營養的食物。另外就是，酒。我本該是對飲食恬淡寡欲的眞理與愛情的使徒，可話題一旦轉到這個上頭，我那與生俱來的貪吃本性全然暴露無遺。

到了蟹田的N君家，迎接我的是在一張紅色貓腳大矮桌上堆得像座小山的螃蟹。

2 竹內運平（一八八一～一九四五），日本史學研究家，生於青森縣弘前市。於國學院大學研修史學，曾於大阪、北海道、弘前任教，著有多部史學書籍，著作包括《東北開發史》（一九一八年）、《北海道史要》（一九三三年）、《青森縣通史》（一九四一年）等。

3 一九四一年，東奧日報社出版。

4 一六六一年至一六七三年。

5 沙牟奢允之亂。一六六九至一六七二年，北海道日高地區的蝦夷族（愛奴族）首領沙牟奢允率領族人反抗德川幕府松前藩的動亂。

6 一六八八年至一七〇四年。

7 津輕的九個重要港口，包括青森、十三（北郡市浦村）、鰺澤、深浦，以上四個港口合稱四浦，再加上蟹田、今別、野內（青森市）、碇關、大間越（西郡岩崎村），合稱為九浦。

8 江戶幕府的官銜，掌理重要都市的行政與司法。

「一定要喝蘋果酒嗎？清酒和啤酒都不行嗎？」N君難以啓齒地問道。

怎麼不行呢？那肯定比蘋果酒好嘛！不過，已經是「大人」的我明白清酒和啤酒價格昂貴，所以才在信上客氣地寫了蘋果酒。因爲我聽說津輕近年來盛產蘋果酒，好比甲州[9]盛產的是葡萄酒一樣。

「當然都可以嘍！」我露出了五味雜陳的微笑。

N君立刻如釋重負。「哎，你這樣說我就放心了。我實在不喜歡喝蘋果酒。老實說，我老婆看了你寄來的信，她說想必太宰在東京喝膩了清酒和啤酒，這回想喝故鄉風味的蘋果酒，所以才在信裡特別叮囑，那就請他喝蘋果酒吧！我告訴她沒那回事！那小子根本不可能喝膩了啤酒和清酒，他肯定是跟我這個老兄弟客套啦！」

「不過，夫人說的也不算不對。」

「聽聽你說的！算了，不提了！先來清酒？還是啤酒？」

「啤酒還是擺到後頭喝吧！」我也不客氣地腆起臉來了。

「我跟你一樣。喂，清酒啊！不夠燙也不打緊，現在就拿過來！」

何處難忘酒，天涯話舊情。
青雲俱不達，白髮遞相驚。
二十年前別，三千里外行。
此時無一盞，何以敘平生？[10]（白居易）

我上中學時從不去別人家玩，不曉得爲什麼唯獨常到同班同學的N君住的地方。N君當時寄宿在寺町一家大酒舖的二樓，我們每天早上都相約一起上學，到了放學回家，又一起沿著海邊抄近路晃悠閒逛。即便下起雨來，我們也不撒腿狂奔，哪怕被淋成了落湯雞也毫不在乎，照樣優哉游哉地慢慢踱行。回想起來，我們兩個都是不拘小節、也沒有心機的孩子，或許這就是兩人友誼甚篤的關鍵所在。我們曾在寺院前的廣場上跑步、打網球，還在星期天帶著飯盒

9 現在的山梨縣。
10 摘自白居易五言律詩《勸酒十四首》之第二節。

到附近的山裡遊玩。在我早期的小說《回憶》中出現的「朋友」這個角色，描寫的多半都是這位N君的事。N君中學畢業後就去了東京，記得他當時在某家雜誌社工作。我比N君晚了兩三年到東京上大學，從那時候起，我們又開始碰面了。N君當時在池袋寄宿，我則住在高田馬場，可我們幾乎天天見面一塊玩，只是這回玩的已經不是網球和跑步了。N君後來辭掉雜誌社的工作，進了保險公司，就是因爲那不拘小節的個性，跟我一樣老是受騙，只得換工作。每一次遭受欺騙以後，我就會變得更加陰沉而退怯；可N君卻相反，無論上當多少次，只會變得愈發從容和開朗。N君的率直令人佩服，可以說是個奇特的男人。就連我這個狗嘴吐不出象牙的玩伴，同樣深深折服於N君的直爽，這種優點想必是他祖上的遺風。N君讀中學時曾來過我金木町的家裡玩，到了東京之後，他也常去我那個住戶塚的小哥哥家坐坐，更在我這個哥哥二十七歲過世時，還特意請假前來幫忙，我的至親都非常感激他。後來，N君不得不回鄉繼承老家的碾米廠。可即使在接下家業之後，他那具有特殊吸引力的人望依然深受鎮上年輕人的信賴，因此在兩三年前選上了蟹田的町議員，還兼任青年團的分團長、某某協會的幹事等各種社會服務工作，現在已經成爲蟹田町不可或缺的一號人物。那天晚上，有兩三個亦是當地頭面人物的年輕人，相偕來到N君家喝酒。看來，N君確實頗受歡迎，儼然是當地的大紅人。芭蕉俳聖[11]傳世的雲遊戒律[12]當中有一條：「不可貪杯豪飲，縱令赴宴應酬難以推辭，仍須止於微醺，嚴禁大醉生亂。」然而，那部《論語》中也有一句是「酒無量不及亂」[13]，依我的理解，意思是：喝多少酒都無妨，只要避免酒後失態。所以我甘冒不韙，並未遵從芭蕉俳聖的戒律。這下恰好順理成章，因爲只要不至於爛醉失態就可以了。我的酒量應當比松尾芭蕉強上幾倍，況且也不是那種在別人家作客，還會喝到爛醉如泥的蠢蛋。正所謂「此時無一盞，何以敘生平？」[14]於是，我開始盡情地酒到杯乾。此外，芭蕉俳聖的雲遊戒律裡頭好像還有一

11 松尾芭蕉（一六四四～一六九四），江戶前期的俳人，生於伊賀上野，出身武士家族，主君過世後勤勉向學，遠赴江戶後成為俳壇的中心人物。死前曾至各地遊歷，留下許多詠景俳句。後世尊稱為俳聖。
12 俳人旅行時應遵守的規定，相傳為松尾芭蕉所寫，總共有十七條。
13 「唯酒無量，不及亂。」語出《論語．鄉黨》。
14 摘自前述白居易的《勸酒十四首》。

條：「除吟作俳諧[15]，嚴禁雜談，倘論及雜談，不若閉目養神。」這道戒律我也沒能遵守。看在我們凡夫俗子的眼裡，我懷疑芭蕉俳聖的雲遊根本是爲了宣傳自己的門派而到外地出差的。他每到一處就舉辦俳宴，簡直像是爲了設立芭蕉門派的分部才巡遊的。假如是一位門徒如雲的俳諧講師，想規定弟子只能談俳論諧，若是聊起閒話不如去打盹云云，自然悉聽尊便；可我的旅行既不想建立什麼太宰門派分部，N君也不是爲了聽我的文學講座才設宴款待的，更何況那天晚上來N君家作客的頭面人物，也僅是因爲我與N君爲多年好友而同樣當我是朋友看待，所以才來同席作陪敬酒，如果我還正經八百地把文學的本質翻來倒去講個不停、一聽他們聊起閒事便倚在壁龕的柱子上打起盹來，恐怕也不是什麼像樣的舉措。我那天晚上關於文學的事一個字也沒提，甚至沒用東京腔，而是刻意用純正的津輕腔說話，話題也全圍繞著日常瑣事和世俗雜談打轉。那個晚上的我，是以津輕津島家的「叔父槽」身分和他們把酒言歡的（津島修治是我出生時登記的戶籍名字，「叔父槽」是本地對家中男丁老三、老四的特殊暱稱），而且我那股認眞勁兒，肯定會讓某個同席喝酒的人暗自嘀咕：

用不著這般費心吧。我心底其實隱約有個想法，希望能透過這趟旅程，讓我再次重拾那個津島「叔父槽」的身分。這個盼望來自於我當都市人時感到了不安，因而渴望能重新回到那個當津輕人的我。換句話說，我為了弄清楚到底津輕人的本質，這才踏上了這趟旅途；我為了探求何謂純正的津輕人，以作為我人生的榜樣，而來到了津輕。然後，我不費吹灰之力便發現那樣的人隨處可見。我的意思並不是說某個人有哪些值得效法之處。區區一介乞丐裝束的貧窮旅人，沒有資格做出那種狂妄自大的評判。再沒有比那更失禮的事了。我更不是從每個人的言行舉止，或者由對我的款待當中發現了令人佩服的優點。我可沒有帶著一雙如偵探般隨時警戒的目光來旅行，相反地，總是蔫著腦袋望著自己的腳下走路。然而，我的耳畔卻時常傳來低聲囁嚅，告訴我命定的歸途，而我也深信不疑。我所謂的發現，就是這種沒有理由也沒有形式，極度主觀的東西。我其實並不在意誰怎麼了、誰又講了什麼，那都是理所當然的事，哪輪得

15 俳句中的連句，或連句之發句的總稱。

到我這樣的人置喙呢？總之一句話，我眼裡看到的並不是現實。「所謂的現實，應是要使人感受它的存在，而不是強迫人家相信它。」這段神祕的話，我在旅行手札裡寫過兩遍。

我原想謹言慎行，結果仍是抒發了蹩腳的感慨。我的思惟亂成一團，多半時候連自己都不懂自己在說什麼，甚至還會撒謊，所以我很討厭剖析自己的心情，總覺得那是顯而易見的拙劣僞裝，直教我羞於見人。我明知道事後肯定會懊悔不已，可一興奮起來仍不惜「鞭韃鈍舌」，噘起嘴來叨叨不休、語無倫次，致使聽者不但瞧不起我，甚至不由得心生矜憫。這恐怕也是我宿命裡的一種悲哀。

所幸，我在那個夜晚非但沒有抒發蹩腳的感慨，更違背了芭蕉俳聖的遺訓，並未閉目養神，而是欣賞著眼前那座最喜歡的螃蟹小山，和大家暢聊天南地北，一路喝到了深夜。N君那位嬌小幹練的夫人見我始終只拿眼欣賞桌上的螃蟹小山卻遲遲不動手，猜我一定是嫌剝蟹殼太費事，於是利索地親手爲我剝蟹，再把白晰肥美的蟹肉盛回原來的蟹殼裡，宛如一種叫作水果什麼的，就是那種保有水果原來形狀、香氣撲鼻的甘涼凍糕[16]，就這麼忙著一只接一只地張羅給我吃。我想，這些彷彿剛摘下來的果實般新鮮清甜的螃蟹，應該都是今天早上剛從蟹田海邊捕上岸來的。我並不介意打破粗茶淡飯的自我戒律，一連吃了三、四只。這一晚，夫人給每位來客都送上了佳餚，連本地人都對這頓豐盛的飯菜連聲讚嘆。當那些頭面人物離開之後，我與N君便從內廳換到了起居室，繼續舉杯對飲。這在津輕叫作「續席」，或許津輕腔讀起來略有差異，總之就是家有喜事時，等到盈門賀客都回去了以後，剩下幾個自家人就著沒吃完的飯菜聚在一起同歡。N君的酒量比我還好，因此誰都不會酒後失態。

「話說回來……」我長嘆一聲，「你還是那麼能喝啊！這也難怪，畢竟你是我師傅嘛。」

老實說，教我喝酒的人正是這位N君，這話絕無半點虛假。

「嗯。」N君端著酒杯，一臉正經地點頭，「這件事我也想過很多次了。

16 此處應意指水果果凍。

每回你喝酒誤了事，我就感到自責，真的好難過。不過呢，最近我又逼自己換個想法——就算沒有我教那小子喝酒，他遲早也會變成酒鬼的，根本不干我的事咧！」

「是啊，就是這樣，你說得沒錯！這絕不是你的責任！很好，說得對極啦！」

夫人稍後也來和我們一起聊談兩家孩子的事，氣氛融洽的續席就這麼持續下去，直到突如其來的一聲雞啼報曉，我這才大吃一驚，趕緊回到臥房入睡。

翌日上午，我剛醒來便聽到青森市T君的聲音。他依約搭乘一早的巴士來找我了。我當即欣喜地一骨碌起了床。只要有T君作陪就教我放心，勇氣百倍。T君還帶來了青森醫院一位喜歡小說的同事，還有該醫院蟹田分院的S事務長也一道前來。後來在我洗臉的時候，從三廄附近的今別又來了另一位也喜歡小說的M先生。他好像是聽N君說我來蟹田，於是帶著羞澀的笑容過來了。M先生與N君、T君以及S事務長彼此好像都認識。他們已經談妥待會就去蟹田山賞櫻。

觀瀾山[17]。我照樣穿上那件紫色的夾克外套、纏上綠色的綁腿出門了，可其實不必穿戴得這般煞有介事，因爲觀瀾山就在蟹田町旁，標高甚至不滿一百公尺。不過，這座小山的視野倒是相當不錯。那天陽光耀眼，天氣特別晴朗，連一絲風都沒有，可以遠眺青森灣對面的夏泊岬，連隔著平館海峽的下北半島都近在眼前。一提起東北的海，南方人也許會想像是一片漩渦暗礁、怒濤驚天的惡海；實際上，蟹田這一帶的海象非常平靜，水色淺、鹽分淡，還隱隱飄著海潮的香味。這是由融化的冬雪流淌入海的，幾乎和湖水沒有兩樣。至於水深，基於國防因素，我想還是不提爲好。總之，浪花溫柔地一波波拍撫著沙灘。海邊不遠處架起了許多漁網，一年四季都很容易捕撈到漁獲，諸如螃蟹、烏賊、鰈魚、青花魚、沙丁魚、鱈魚、鮟鱇魚等各種魚鮮。這個村莊仍舊和往昔一樣，魚販每天清早都拉著裝滿了魚鮮的大板車沿街叫賣，扯開嗓門叫罵似地大喊：「烏賊呀青花來喔！鮟鱇呀青葉來喔！鱸魚呀和花鯽來喔！」本地的

17 位於蟹田村鎮北側濱海的一座小山。

魚販只像這樣叫賣當天捕獲的，絕不出售前一天賣剩的魚鮮。那些剩貨也許都送到外地去了。村裡的人只吃當日現捕的活魚。可若海象不佳，哪怕就那麼一天沒出海，整個村子連一條魚都見不到，村民們只得將就吃魚乾和山菜。這種情況並非僅僅出現在蟹田，連外濱一帶的漁村，甚至遠及津輕西海岸的漁村也都是這樣的。另外，蟹田的山菜也很豐富。蟹田不僅是座海邊的小村，還有平原和山丘。津輕半島的東海岸由於山勢逼近海濱，缺乏平原，連山坡上能開墾爲水田和旱田的地方都很少，因此，翻過山脊到津輕半島西部寬廣的津輕平原居住的人們，就把這個外濱地區叫作「山陰」（亦即山後的意思），我覺得這個語意中多多少少透著一點同情。不過，至少蟹田這地方還擁有毫不遜於西部的肥沃田野。要是蟹田的居民發現自己竟被西部居民感到憐憫，只怕會被逗得咯咯發笑吧。蟹田有一條蟹田川，水量充沛，流速和緩，爲此地灌溉出一片廣大的農田。不過這一帶儘管東風迅猛、西風強勁，歉收的年度也不少，倒不至於如西部居民想像的那般土地貧瘠。從觀瀾山俯瞰而下，水量充沛的蟹田川猶如一條長蛇蜿蜒，入春後已犁過地的水田靜靜地在河流兩岸鋪展開來，形成了豐饒而倍感慰藉的景觀。這座山丘屬於奧羽山脈一部分的梵珠山脈。這條山脈由津輕半島的頸部向北延伸而去，直到半島頂端的龍飛岬才沒入海裡。一連串高度自兩百公尺至三、四百公尺的低矮山丘逶迤綿延，而聳立於觀瀾山正西方那座青翠的大倉岳，則與增川岳同爲這條山脈最高峰之一，可至多也僅七百公尺上下。不過，總有掃興的實用主義者講得冠冕堂皇：「山不在高，有樹則貴。」因此，津輕人完全不必因山脈低矮而覺得難爲情，因爲這條山脈可是全國屈指可數的扁柏產地！事實上，津輕人足以爲傲的傳統物產根本不是什麼蘋果，而是扁柏。明治[18]初年，美國人帶來的蘋果種籽在這裡試種，後來到了明治二十年代，再從法國傳教士那裡學到了法式剪枝法後成果斐然，地方居民亦開始紛紛投入蘋果的栽種。至於全國周知蘋果爲青森名產，則已是大正時期以後的事了。青森蘋果雖不像東京的雷門米香，或是桑名[19]的烤文蛤那一類輕巧的「特產」，卻遠遠不及紀州半島柑橘的歷史。我覺得關東人和關西人一提到

18 明治元年為一八六八年。
19 三重縣北部的沿海都市。

津輕就想到蘋果，似乎對這裡的扁柏林不太了解。津輕山巒枝繁葉茂，縱於隆冬時節仍是青翠如霧，或許青森的縣名便是起源於此。相傳這裡早在古代已名列日本三大美林之一，昭和四年出版的《日本地理風俗大系》亦有記載：「津輕大森林乃是藩祖津輕爲信之德業，自那時以來，於嚴格的制度下培植出今日之鬱鬱蒼蒼，並被稱爲我國之造林示範區[20]。最初是天和[21]與貞享[22]年間，植林於津輕半島沿日本海岸數里之沙丘間以避海風，並助岩木川下游地區之拓荒。此後，藩府承襲此項方針，致力於植樹造林，直至寬永[23]年間，屏風樹林終於培育成功，繼而開墾了八千三百多公頃之耕地。從此，藩內各地持續大力造林，最終擁有百餘處大規模之藩有林。及至明治時代，政府重視林政，青森縣扁柏林於是廣爲世人嘖嘖稱嘆。此地木材極適各種土木建築，尤具抗潮特性。木材產量豐富，搬運便捷，因而愈發受到重視，年產額高達十四萬五千立方公尺。」由於這部文獻出版於昭和四年，因此今日的產量應該已是當時的三倍左右。以上是對整個津輕地方扁柏樹林的記述，但並不能以此作爲蟹田地方的驕傲。不過，從觀瀾山頂眺望到的蓊鬱群峰，是整個津輕地區最爲茂密的森林地帶。前述《日本地理風俗大系》中，還登載了蟹田川河口的大幅照片，照片旁邊甚至標注了說明：「這條蟹田川附近有被譽爲日本三大美林的扁柏國有林。森林鐵路由此地從海岸入山，每日裝運大量木材至此，成爲扁柏裝運港的蟹田町因而相當繁盛。當地木材以質優價廉而名聞遐邇。」由上所述，蟹田人能不爲此感到自豪嗎？況且，成爲津輕半島脊梁的梵珠山脈不僅盛產扁柏，還生產杉木、山毛櫸、橡樹、桂樹、櫟樹、落葉松等木材，並以山菜的種類繁多著稱。津輕半島西部金木町的山菜同樣豐富多樣，但蟹田這裡也很容易在村鎮近旁的山麓採到蕨菜、紫萁、土當歸、竹筍、款冬、薊菜、菇類等等。可以說，蟹田町有水田有旱田，更有得天獨厚的山產海產。縱使這樣的描述會給讀者一種宛如擊壤鼓腹之太平仙境的感覺，可是，當我從這座觀瀾山俯瞰蟹田町

20 一九二九年。
21 一六八一年至一六八四年。
22 一六八四年至一六八八年。
23 一六二四年至一六四四年。

時，感受到的卻是一股懶洋洋，缺乏活力。我方才說的淨是溢美之言，過於褒誇蟹田了，所以即便現下說上幾句壞話，想必蟹田人還不至於揍我一頓。蟹田人性情溫和，性情溫和自然是種美德，可若因爲居民無精打采使得整個村鎮也跟著慵懶起來，則會使來此造訪的旅人感到不安。我甚至覺得就是因爲天然物產太豐饒，造就了蟹田町這片闃靜死寂的模樣。這對居民來說，可不是件好事。舉些例子，河口的防波堤像是修築到一半就擱著沒動工了，爲蓋新房而整好的土地沒繼續蓋，就在紅土空地上種了南瓜之類的作物。這些雖非全是站在觀瀾山上目睹的景象，但蟹田未免有太多半途而廢的工程，直教人懷疑這裡該不會有故意阻撓町政蓬勃發展的守舊謀士吧。當我就這點詢問N君後，這位年輕的町議員苦笑著說道：「甭提啦、甭提啦！」我立刻想起來——人世間最是不妥就屬士族經商[24]與文士論政。我多嘴過問了蟹田的町政，換得町議員同情一笑的愚蠢結果收場。然後，我又想到了竇加有過同樣難堪的經驗。法國畫壇名匠埃德加·竇加[25]，有回偶然在巴黎某歌劇院的走廊上，與大政治家喬治·克里蒙梭[26]坐在了同一條長椅上。竇加毫不客氣地向這位大政治家滔滔講述自己長久以來高遠的政治抱負：「假如我當上了首相呀，一定會深感責任重大，我會斷絕一切人脈情誼，選擇苦行僧般的簡樸生活，在官署附近的五層公寓租間小小的房間，只擺一張桌子和簡陋的鐵床，從官署下班回來就在這張桌子上繼續處理公務直到深夜，睡魔襲來就和著衣鞋倒床入睡，第二天一早醒來立刻起床，站著吃蛋喝湯，然後就拿起公事包去官署上班。我肯定會過這樣的生活！」他如是慷慨陳詞了一番，然而克里蒙梭沉默不語，只用不敢置信的輕蔑眼神，再三打量這位畫壇巨匠的面孔。面對射向自己的目光，竇加根本無法招架。事後，竇加深感羞愧，不曾向任何人提起這段難堪的經驗。直到過了十五年後，他才偷偷告訴了自己寥寥無幾朋友中最投緣的保羅．瓦勒里[27]。這件事

---

24 日本明治維新之後，武士階級（領有幕府薪餉者）改稱為士族，明治政府為了打破階級差異，推行一連串改革政策，使得士族失去俸祿，形同失業，只得紛紛轉業為公務員、軍人、教員等，其中不乏從商者，無奈沒有經商之才紛以失敗收場，後人便以此句諷喻可以預見不適任者必將失敗。

25 Edgar Degas（一八三四～一九一七），法國畫家，常以芭蕾舞者或出浴女子作為繪畫主題，畫風色彩豐富。

26 Georges Benjamin Clemenceau（一八四一～一九二九），法國政治家，在議會質詢時極具煽動性，推倒了數屆內閣，人稱「法蘭西之虎」，在第一次世界大戰中接下總理之位領導法國贏得勝利。

27 Paul-Ambroise Valéry（一八七一～一九四五），法國象徵派詩人、思想家、評論家，主要著作為《哲學與藝術總論全集》。

竇加竟然深埋在心底長達十五年的歲月！看來，縱如桀驁不馴的畫壇名匠，也招架不住職業政治家無心流露出的輕蔑眼神，那道目光直教人心如刀割，痛徹骨髓。我心中不禁對他寄予無盡的同情。藝術家談論政治，必定會失言的，竇加就是最好的見證。看來，區區一介窮文人的我，還是讚一讚觀瀾山的櫻花、和津輕的朋友們聊一聊友誼，方能佑我無災無難。

上山賞花的前一天，屋外西風呼呼地吹，吹得N君家的拉門晃個不停，我發表了自以爲獨特的高見：「蟹田眞是個風城啊！」可今天的蟹田町彷彿在訕笑我前一晚的謬論，天氣晴好，連一絲風都沒有。他們說觀瀾山的櫻花恰逢盛開，靜靜地、淺淺地綻放，用「爛漫」來形容並不貼切。花瓣薄得透明，纖弱婀娜，宛如經過白雪的滌洗後才款款綻開，甚至讓人以爲這是其他品種的櫻花，嫻靜而婉約，諾瓦利斯[28]腦海裡的藍花[29]，或許便是這副模樣。我們一行人盤腿坐在櫻花樹下的草地上，揭開了野餐套盒，這些菜餚仍是出自N君夫人的慧心巧手，還讓我們帶了一大竹簍的螃蟹和蝦蛄，此外，也沒忘了啤酒。我開始盡可能用優雅的動作剝蝦蛄、吮蟹腿，也挾了套盒裡的佳餚享用。在套盒的菜餚當中，有一道是在長槍烏賊的身體裡塞滿烏賊卵，再蘸上醬油烤熟切成圈片，這道菜最是令我回味無窮。退伍軍人的T君直嚷著「熱啊、熱啊」，說著便脫去上衣，裸了身體，開始做起軍隊體操。他把手巾絞成長條纏在額上，那張黝黑的面孔有點像緬甸的巴莫[30]長官。那天聚在一起的幾個人，儘管熱情的程度稍有差異，但看起來好像都想問問我關於小說的心得。得等他們問了我，我才據實回答。我這是遵從芭蕉俳聖「有問必答」的雲遊戒律；可是，我卻徹底違背了另一道更重要的戒律：「勿揭他人之短以彰一己之長。嘲諷他人以彰顯自身，卑劣至極莫若是。」結果，我恰恰幹了那種卑劣的事。雖說想必芭蕉俳聖也曾單刀直入地批評過其他門派，可他畢竟沒做出像我這樣沒半點功

28 Novalis（一七七二～一八〇一），德國早期浪漫派代表詩人。

29 典故出自諾瓦利斯的長篇小說《海因里希歐・馮・奧弗特丁根》，書中以藍花作為憧憬浪漫主義的象徵。

30 Ba Maw（一八九三～一九七七），緬甸的政治領導人與獨立運動家，緬甸從印度獨立後之第一任總理。一九三九年下野，一九四〇年遭到逮捕，一九四二年逃離，得到日本軍的庇護，該年八月接任緬甸中央行政府長官，一九四三年八月在日本的協助下帶領緬甸獨立，成為首任國家元首，於第二次世界大戰結束後亡命日本，一度被拘留於東京巢鴨看守所，後來獲釋返國。

夫還橫眉豎眼謾罵其他作家的厚顏行徑。我居然犯下了如此惹人嫌又厚顏無恥的行徑！當他們問到某位五十歲左右的日本作家[31]時，我竟一時脫口回答不怎麼樣。不曉得什麼原因，那位作家從前的作品近年來頗受東京讀書人的喜愛，可以說到了一種近乎敬畏的程度，還有人封他爲文學之神，甚至讓人隱約感覺到有股風潮在形成：讀書人藉由告訴別人喜歡那位作家的手段，當成自己品味高尚的佐證。我認爲這叫「愛之適足以害之」，說不定那位作家很是困擾，唯有苦笑以對呢。實際上，我很早就拜見過那位作家恢弘的氣度，卻基於上文提過的津輕人愚昧心態「只知此爲鄙賤之人，此乃區區一時之運云云」而不願表現出讚賞，亦拒絕跟風隨潮。直到近來，我又重新拜讀那位作家的多數作品，不禁由衷佩服他寫得眞好，可我並未特別感受到高尚的品味，反而推測這位作家的特點也就在他的寡情。他所描繪的書中世界是心胸狹窄的小老百姓毫無意義的顯擺作態，與其心情的起伏。其作品裡的主角不時對自己的生存樣貌做出「良心」的反省，可那樣的情節尤其老套，直教人覺得與其這般口是心非的反省，還不如不做算了。作者嘗試與青澀的「文學性」訣別，結果愈發突顯其格局的逼仄狹窄。就連刻意營造的多處詼諧橋段，雖可看出他突破自我的企圖，卻因爲裡頭摻著一抹神經兮兮的疑懼，以致於讀者根本笑不出來。我也曾耳聞有人將之讚譽爲「貴族式文體」，可那種膚淺的評論簡直是無稽，那才叫作不折不扣的愛之適足以害之呢。依我之見，所謂的貴族應當是豁達到無以復加的地步。比方法國革命的時候，暴民們闖入了國王的寢宮，當時的法國國王路易十六[32]儘管是個昏君，面臨險境卻毫不在意地哈哈大笑，從一個暴民頭上一把扯下了革命帽，往自己頭上一戴，高呼一聲法蘭西萬歲，結果就連那些殺紅了眼的暴民也被他那渾然天成的率眞氣度所震懾，不由自主跟隨國王大喊法蘭西萬歲，居然沒動國王一根汗毛便順服地退了出去。眞正的貴族，就應該擁有這般純眞無邪、未加修飾的氣質。那種抿嘴攏衣、故作高尙的人，往往只是貴族

31 由後文推論，可能是作家志賀直哉（一八八三～一九七一），但是由志賀直哉的年紀推算，這時應該已經六十多歲了，或許是太宰治刻意將其年齡少寫十歲。

32 Louis XVI（一七五四～一七九三，在位期間一七七四～一七九二），法國國王，於一七八九年法國大革命時失去王權，於一七九三年被送上斷頭臺。

的僕役罷了。大家可別再把「貴族式文體」這種可悲的形容詞，套用到那位作家的身上了。

當天在蟹田的觀瀾山上共享啤酒的那幾位，好像都很崇拜那位五十歲的作家，直抓著我問那位作家的事。到後來，我終於忍不住打破了芭蕉俳聖的雲遊戒律，脫口說出前述的壞話，並且一開口就口沫橫飛、眉飛色舞，最後還離題扯上「貴族式文體」。在座的人對我的觀點絲毫沒有共鳴。

「我們沒有人提到『貴族式文體』之類莫名其妙的話。」來自今別的M先生滿臉困惑地喃喃自語，像是受不了醉漢的胡言亂語了。其他人同樣交互使眼色，笑得十分尷尬。

「總之……」我的聲音像在哀嚎，心裡暗自反悔：哎，實在不該批評前輩作家。「絕對不能受男人的相貌所欺。路易十六可是個史上罕見的醜男子哩！」我愈講愈離題了。

「可是，我喜歡那個人的作品。」M先生偏要明確表達自己的主張。

「在日本，那個人的作品算是還可以的吧？」青森醫院的H先生彬彬有禮地勸解。

我的立場愈來愈不妙了。

「這個嘛，大概還不錯吧，……唔，還算可以。話說，你們當著我的面，對我的作品卻一個字也沒提，太過分了吧？」我笑著說出了眞心話。

大家都露出了微笑。我於是打蛇隨棍上，侃侃暢論起來：

「我的作品呢，雖然沒個章法，可我胸有大志。就因爲這個大志太沉重，我這一路才走得這般磕磕絆絆的。在你們眼中，我雖是這副邋遢骯髒又蠢傻的模樣，但我曉得什麼是眞正的高雅。即便端上松葉形乾糕餅、在青瓷[33]壺裡插上水仙花做擺飾，我一點也不覺得那稱得上高雅，那叫作暴發戶作風，太沒禮貌了！眞正的高雅，是在沉甸甸的墨黑大石擱上一朵白菊花，花朵的下方必得是一塊骯髒的大石頭才行，那才是眞正的高雅。你們都還年輕，總以爲把穿了鐵絲挺立的康乃馨插到杯子裡這種女學生的情懷，便是高雅的藝術。」

33 表面施有青色釉的高級瓷器，胎釉中含有氧化鐵的成分，窯燒後會呈現青綠色，或是含鐵量不足，則會呈現淡黃色或黃褐色。

我這簡直是一派胡言。

「勿揭他人之短以彰一己之長。嘲諷他人以彰顯自身，卑劣至極莫若是。」芭蕉俳聖的雲遊戒律可說是嚴切的眞理。我確實是卑劣至極。就因爲我有這種卑劣的惡習，才會在東京文壇中被當成骯髒的蠢人，令人不快，避而遠之。

「哎，這也是沒辦法的事吧！」我兩手往腰後地上一抵，仰起頭來說道，「我的作品太糟啦！不管說什麼都無濟於事。不過，你們至少可以用對那位作家喜愛的十分之一，來認同我的作品嘛。都怪你們完全不認同我的作品，害我變得口無遮攔起來。你們行行好嘛！哪怕是二十分之一也行，拜託啦！」

眾人笑得前仰後合。我也在眾人的笑聲中釋懷了。蟹田分院的S事務長站起身來，用飽經世故者特有的仁慈語調勸慰道：

「咱們換個地方吧？如何？」他說已經在蟹田町最大的E旅館爲大家訂妥午餐了。我使眼色問了T君：這樣好嗎？

「好啊，那就承蒙招待嘍！」T君站身，穿上衣服，「我們早就覬覦很久了。聽說S事務長手上留有配給的上等美酒，咱們現在就去享用吧！總不成老是叨擾N先生家呀！」

我溫馴地接受了T君的提議。這就是爲何我在前面提過，只要有T君陪在身邊，我就安心了的原因。

那家E旅館的陳設相當不錯，包廂的壁龕很講究，廁所也挺乾淨的，即使自己一個人來投宿也不會覺得孤單。大致說來，津輕半島東海岸的旅舍要比西海岸的來得高級，或許是因爲自古就常接待許多的外地旅人。從前，來自各地的旅人要去北海道必得由三廄出海，因而這條外濱古道從早到晚忙著送往迎來。這家旅館的餐食中也有螃蟹。

「這裡不愧是蟹田啊！」某個人讚嘆。

T君不喝酒，自己先吃起飯來。其他人都先喝S事務長的好酒，稍後再用餐。酒意漸濃，S事務長的心情愈來愈好。

「我啊，不管是誰的小說統統喜歡，讀著都覺得都挺有意思的，一個個寫得眞好！所以呢，我特別喜歡小說家。不管是什麼樣的小說家，我都喜歡得不得了。我有個三歲的男孩，以後想讓這小子當小說家，還把他名字取了叫文男，文學的文、男子的男。這小子的頭型，跟您還眞像呢！恕我失禮，就是像您這樣的扁頭。」

這是我頭一遭聽到自己頭骨的形狀居然是扁的！本以爲我對自身長相的種種缺點已經瞭如指掌了，卻沒留意到頭型。這下子我開始疑心或許還有更多缺點自己沒發現到的，再加上我方才還批評了其他作家，心裡更是七上八下的。然而S事務長的興致卻愈發高昂，一股勁地邀我去他家：

「您瞧如何？這裡的酒也快喝光了，大家現在都去我家吧！來嘛，哪怕只坐坐也好，請見一見我老婆和文男吧！拜託了！您想喝的蘋果酒，在蟹田可是要多少有多少，請來我家喝蘋果酒吧！好吧？」S事務長的盛情我心領了，可自我聽到扁頭這個字眼以後，頓時意興闌珊，只想趕快回N君家睡上一覺。如果眞去了S事務長家，這回別說是頭蓋骨，怕不連裡頭的腦子都要被看透了，一想到屆時說不定還會落得被罵個狗血淋頭的下場，心情就更沉重了。我照例拿眼朝T君問去，還做了心理準備，萬一T君說去吧，我也只得去了。只見T

君神情嚴肅地思索片刻，這才開口說道：

「那就恭敬從命吧？很少看到S事務長喝得這麼醉。他已經盼了很久，期待你的光臨了。」

我於是答應去一趟，不再多想他講我扁頭的事了。我決定換個角度，把那句話當成是S事務長的風趣。看來，一個人一旦對容貌沒了自信，連芝麻小事也會變得耿耿於懷。其實不單是對於容貌，或許我現在最缺乏的東西正是「自信」。

到了S事務長家後，津輕人極盡熱情招待賓客的本性，便在S事務長身上展露無遺了，甚至是同爲津輕人的我都有些招架不住。打從一進屋，S事務長就一句賽一句地吩咐夫人忙東忙西的：

「喂，我把東京的貴賓帶來啦！終於給帶來啦！這就是貴姓太宰的那一位，還不快些向貴賓請安？快出來拜見呀！記得順便送上清酒。噢不，清酒剛喝過了，把蘋果酒端過來！啥？只有一升？太少了！再買個兩升回來！慢著，把晾在廊簷下的鱈魚乾拿去蒸一蒸！等等，得先用鐵鎚搥軟了才能蒸嘛！哎，妳那搥法哪行哩？拿來給我！搥鱈魚乾得像這樣、像這樣啊！啊，疼死我啦！唔，總之照這樣搥吧！喂，拿醬油來！鱈魚乾怎能不蘸醬油哩？杯子還缺一只，不不不，缺兩只，快拿來呀！慢著，這茶碗可以拿來頂著用嘛！來，乾杯、乾杯！喂，再去買個兩升回來！等等，把小傢伙帶來，讓太宰鑑定鑑定他能不能當上小說家！您瞧這小子的頭型如何？這就叫扁頭嘛！我就覺得和你的頭型挺像的！好極好極！喂，把小傢伙帶到一邊去！吵得人受不了啦！怎麼能把髒兮兮的孩子帶給客人看？太沒禮貌了，簡直像暴發戶呀！快，快去再買兩升蘋果酒！客人都要溜光啦！等等，妳就在這裡伺候客人吧！來呀，快給大家斟酒！蘋果酒就央隔壁大嬸去買吧！大嬸不是說想跟咱們勻些砂糖嗎？就撥一點給她吧！且慢，砂糖不能給大嬸，咱們家的全得送給東京的貴賓！聽見了沒？不准忘啦！要全部送給貴賓！把砂糖先用報紙包上、再拿油紙裹好、最後纏好繩子才雙手奉上！怎能讓孩子哭嘛！太沒禮貌了，簡直像暴發戶呀！貴族可不是那個樣子的喔！慢著，砂糖等貴賓要回去的時候再弄就好了啦！音樂、音樂！放唱片呀！看是舒伯特呀、蕭邦呀、巴哈呀，啥都行！快放音樂！等等，啥？那是巴哈嗎？停停停！太吵了，受不了啦！這還怎麼聊天呀？換一張輕慢一點的唱片嘛！等等，東西都吃光了，去炸個鮟鱇魚出來！那蘸料可是咱們家的拿手功夫，就不曉得貴賓喜不喜歡。等等，去炸個鮟鱇魚，貝殼燉味噌蛋羹也一起送上！這玩意只在津輕吃得到。對對對，味噌蛋羹！味噌蛋羹再好不過啦！味噌蛋羹！味噌蛋羹！」

以上的段落我絕對沒有採取誇飾的描寫技巧。這種猶如狂風怒濤席捲的待客之道，便是津輕人表達熱忱的方式。所謂的鱈魚乾，是把大鱈魚掛在大雪中冷凍乾燥而成的，風味淡麗清雅，倘若芭蕉俳聖還在世，應該也會喜歡。S事務長家的廊簷下就吊著五六尾。席間，S事務長腳步顛簸地起身，扯下兩三尾，再拿鐵鎚一陣亂搥，一個失手搥到了左拇指。然後，他又跌坐下來，爬過去給每個人續上蘋果酒。到此，我終於想懂了：S事務長絕不是想開個玩笑，也不是想幽個默，才說我有顆扁頭，而是由衷尊敬頭型扁平的人，眞心覺得羨慕。這應看作是津輕人的魯直與可愛。還有，在他連連催促下終於送上桌的味噌蛋羹，我覺得需要爲一般讀者做個解釋。在津輕，牛肉火鍋和雞肉火鍋分別被喚作貝殼燉牛肉和貝殼燉雞肉。我想，應該是「貝殼烤」的諧音。這種烹煮法如今已不大常用了，但在我還小的時候，津輕這地方常拿體積較大的扇貝殼當容器盛肉烹煮。我想，從前的人或許深信這樣可以從貝殼上逼出一些鮮美的湯汁來。總之，這可能是愛奴族的原住民所遺留下來的巧思。我們都是吃著這種貝殼燉菜長大的。所謂貝殼燉味噌蛋羹，就是拿扇貝殼當燉鍋，加入味噌和柴魚花熬煮，最後打個雞蛋就能上桌享用的菜餚，作法相當原始。事實上，這是給病人吃的餐食。若是生了病沒有食欲時，就煮這種貝殼燉味噌蛋羹，澆在稀粥上給病人吃。可以肯定的是，這同樣是津輕地區的特色菜之一。S事務長就是想到了這一點，才頻頻催促夫人做來請我吃。我向S夫人懇辭自己眞的吃不下了，然後離開了S事務長家。我想請讀者留意一件事——當天S事務長那種接待的方式，才是津輕人熱情的表現，而且是道地津輕人才會有的反應。其實，我也時常出現和S事務長完全相同的反應，所以在這裡才能不加掩飾地說出來。每逢有朋友遠道來訪時，我總是高興得心頭怦怦跳，簡直不知道該做什麼才好，只好在屋子裡莫名地兜來轉去，甚至還曾經一頭撞上電燈，打破了燈罩。有時家裡在吃飯，正好稀客來訪，我筷子一扔，不顧嘴裡還嚼著飯菜便跑去玄關迎接，反而讓來客尷尬了。我實在沒法讓來客等候，自顧自地繼續吃飯，那種花招我可使不出來。結果就像S事務長那樣，原意是想竭誠款待，不惜把家裡的所有好東西統統搬出來招待客人，豈料反倒讓客人瞠目結舌，事後還得去向客人爲自己的失禮致歉。這種掏心挖肺、傾其所有，甚至不惜奉上性命的熱忱展現，看在關東人和關西人的眼裡，或許是種無禮且粗暴的行爲，甚至會對其敬而遠之。在歸途上，我覺得彷彿從S事務長身上看到了自己的宿命，深深感到一種同病相憐的惺惺相惜。或許津輕人表達熱情的時候，得先兌上清水稀釋以後再端出來，否則太過濃稠，外地人只怕無福消受。東京人特別喜歡故作高尚，送菜時也得一道一道慢慢上。儘管我端出的不是「無鹽平菇」[34]，可我也像武將木曾義仲[35]那樣，由於過度熱情，不知已受過多少次傲

---

34 出自《平家物語》第八卷〈貓間〉的典故。「無鹽」原指未經鹽醃的鮮魚，知名武將木曾義仲以為凡是新鮮食品都可用「無鹽」來形容，因此一次宴請貴為公卿的貓間中納言時，吩咐侍從「正好有無鹽的平菇，快送上來吧！」，顯得土氣十足。

35 木曾義仲（一一五四～一一八四）又名源義仲，日本平安時代末期、鎌倉時代初期的武將，源義賢之次男。幼時，父親遭源義平殺害，被人送往信濃國的木曾山，由中原兼遠撫養長大，因此又有木曾義仲的別名。其後加入源氏軍舉兵，一度掌有重權，最後遭到賴朝氏殲滅。

慢的東京風流人士的蔑視，只因爲我急著嗔怪對方：「快扒飯呀！快扒飯呀！」[36]

後來我聽說，S事務長在那天過後的一個星期，每每想起味噌蛋羹那件事便羞愧得猛喝悶酒。據說平常時候的他，其實比一般人更加靦腆而敏感。這也是津輕人的另一項特徵。道地的津輕人平時絕不會是粗魯的野蠻人，甚至比半吊子的都市人來得優雅與體貼多了。然而，這種情緒壓抑卻會在某種情況之下徹底潰堤，而且一發不可收拾，以致於演變成「這是無鹽的平菇，快吃快吃！」的好意催促，卻招來那些無情的都市人皺眉不屑。當S事務長第二天把頭垂得低低地喝酒時，一個朋友來找他，笑著問道：「怎麼樣？後來挨了夫人一頓罵吧？」

只見S事務長宛如羞澀的少女般回答：「不，還沒有……」

看來，他已經做好準備，等著挨罵了。

36（續前述《平家物語》第八卷〈貓間〉）木曾義仲宴請貓間中納言時，嫌其吃飯模樣扭捏，因而開口催促：「快扒飯呀！」。

三、外濱

離開S事務長家回到N君家之後，N君和我又喝了些啤酒。這天晚上，T君也一起留宿在N君家，三個人一同睡在裡屋。第二天一大早，我和N君還在熟睡的時候，T君已搭巴士回青森了，想必他工作很忙。

「剛才他咳嗽了吧？」我對N君說道。

T君在起身打理時輕輕咳了幾聲，我雖還沒醒，卻聽得很清晰，並且感到一股莫名的酸楚，所以起床後便問了N君。

這時也醒過來的N君一邊穿褲子，神情嚴肅地應道：「嗯，他咳嗽了。」

一般而言，酒鬼在沒喝酒的時候，臉上的表情都非常嚴肅。

「咳嗽的聲音不大對勁哪！」N君和我一樣，雖然還在睡夢當中，但也清楚地聽到了咳嗽聲。

「靠意志力戰勝呀！」N君用激勵的口吻拋出這麼一句，繫上了褲腰帶，

「我們兩個不也一樣，現在都治好了嗎？」

N君和我都曾和呼吸道的疾病搏鬥了好一段日子。N君以前哮喘很厲害，現在看來已經徹底痊癒了。

我在這趟旅行出發前，曾答應某家專爲滿洲[1]士兵發行刊物的雜誌社寫個短篇小說，截稿日期就在這一兩天，因此我向N君借用裡屋，利用今天到明天整整兩天的時間來趕稿。這段期間，N君則待在另一座屋子的碾米廠工作。到了第二天傍晚，N君來到我寫稿的房間。

「寫好了嗎？至少寫完兩三張了吧？我再一個小時就做完了。這兩天幹了整整一星期份的活計。一想到做完以後就能和你玩樂，我就幹勁十足，工作效率倍增。再一下下就完了！加足馬力衝刺吧！」

說完，他馬上回去碾米廠。但是不到十分鐘，他又進來我的房間了。

「寫好了嗎？我再一下子就做完了。最近機器運轉很順利。你應該還沒參觀過我的碾米廠吧？那裡髒得很哩！我看還是別進去吧。總之，加油啊！我就在工廠那邊喔！」說完，他便回廠裡去了。

經過這一番折騰，就連反應遲鈍的我，此時也總算明白過來：想必N君很想讓我親眼看到他在碾米廠裡勤奮工作的模樣，所以才故意說他快做完了，讓我趁他還沒收工之前過去見識見識。當我察覺他的用意之後，不禁露出一抹微笑，連忙把稿子收一收，過了馬路到對面的碾米廠。N君罩著一件滿是補丁的燈芯絨外套，雙手背在身後，若有所思地站在一座飛速旋轉、教人看得頭昏眼花的龐大碾米機旁。

「這裡好熱鬧啊！」我大聲說道。

N君回過頭來，開心地笑了。

「稿子寫完了嗎？太好了！我這邊也快了。進來吧！直接穿木屐進來就行。」

雖然N君說不必換鞋，可我好歹也長了腦子，知道不可以趿著木屐就踏進碾米廠裡。就連N君自己，也換上了乾淨的草屐。我東瞧瞧西望望，就是沒看

1 中國東北地區的舊稱。

到室內穿的草屐，只得站在門口傻笑。我雖想過不如赤腳進去，卻又覺得恐怕N君會很過意不去，我這舉動反倒顯得矯揉造作，因此也沒敢打赤腳。每當我做些符合常識的正確行爲時，總是覺得難爲情。這是我的壞毛病。

「這台機器好大啊！你居然一個人就能操作呢！」

我這話並不是奉承，而是因爲曉得N君跟我一樣，對於科技知識並不在行。

「不，這個滿簡單的。只要把這個開關這樣一扭……」

說著，只見他一連扭動好幾個開關，隨心所欲地操控那台龐大的機器，示範如何立刻停止運轉、怎樣使稻糠噴出來，以及讓剛碾好的白米像瀑布般傾瀉而下。

我的視線忽然被吸引到一張貼在碾米廠正中央柱子上的小海報上。一個面孔像酒壺的男子盤腿坐著、挽起袖子，端起一只大酒杯湊向嘴邊，酒杯裡還裝著小巧的屋子和庫房。那張奇妙的海報上還印有一段說明文字「喝酒傷身，傾家蕩產」。我盯著那張海報，端詳良久。N君似乎注意到我的目光，望著我咧嘴一笑。我也回以咧嘴一笑，表示兩人都該各打五十大板，心中卻湧出一股「眞不知該怎麼說才好」的感覺。在碾米廠柱子上貼那種海報的N君，實在惹人憐愛。美酒無罪啊。那幅海報若是拿我爲主角，頂多只能在那個大酒杯裡裝入我那寥寥可數的二十來本著作了。因爲我根本沒有可以拿去揮霍掉的住屋和庫房。至於旁邊的說明文字，恐怕該改成「喝酒傷身，敗盡著書」吧！

在碾米廠的最裡面，還有兩台相當大的機器沒有運轉。我問N君那是什麼，他輕嘆了一聲：

「那個喔，是編草繩和織草席的機器，但操作困難，我實在弄不來。約莫四、五年前，這一帶嚴重歉收，根本沒人上門碾米，教我直發愁，每天只能坐在爐邊猛抽菸，左思右想，最後決定買來這兩台機器，擺在碾米廠的角落試了又試，可我手拙，怎麼都弄不來，眞讓人喪氣啊。到頭來一家六口只得勒緊褲帶過起小日子。回想起那時候，簡直看不到明天哩。」

N君自己有個四歲的男孩。他妹妹死了，妹夫也在北支那[2]陣亡了，身後

2 指中國華北地區。

留下三個遺孤，N君夫妻自然接手照料，當成自己的孩子般疼愛。聽N夫人說，N君對這三個甥兒簡直到了溺愛的程度。三個遺孤中的長子進了青森的工業學校就讀。有一回的星期六，這孩子居然沒搭公車，從青森大老遠走了二十七、八公里路，直到半夜十二點左右才回到蟹田，敲著門喊舅舅。N君跳起來衝去打開家門，忘我地緊緊抱住孩子的肩頭，嘴裡翻來覆去就那麼一句：「嗄？走回來的嗎？是嗎？走回來的嗎？」然後劈頭就朝夫人一長串號令：「快！快給孩子喝糖水！去烤年糕！把烏龍麵熱一熱呀！」夫人只說了一句：「孩子累了，想睡了吧？」N君立刻發飆：「妳說啥！」還誇張地揮舞著拳頭。甥兒目睹舅舅和舅媽這番莫名其妙的爭吵，不由得噗嗤笑了出來，於是拳頭還舉在半空中的N君也忍俊不禁，夫人同樣跟著笑了，方才的劍拔弩張就這麼不了了之。我覺得，從這件生活中的插曲，恰可看出N君寬厚的處世胸懷。

「人生在世，總是有起有落啊！」說著，我也想起了自己的人生，忽然熱淚盈眶。這位心軟的好友一個人在碾米廠一角笨拙地編織草席的孤獨身影，彷彿歷歷在目。我很珍惜這位朋友。

那一晚，我們兩人又以各自完成了一項工作的名目喝了些啤酒，談論了家鄉歉收的困境。N君是青森縣鄉土史研究會的會員，蒐集了很多鄉土史的文獻。

「你瞧瞧，歉收的情況有多麼嚴重。」N君說著，翻開一本書給我看，那一頁記載的是一份很不吉利的一覽表，也就是津輕歉收的年表：

元和一年——大凶
元和二年——大凶
寬永十七年——大凶
寬永十八年——大凶
寬永十九年——凶
明曆二年——凶
寬文六年——凶
寬文十一年——凶

延寶二年——凶

延寶三年——凶

延寶七年——凶

天和一年——大凶

貞享一年——凶

元祿五年——大凶

元祿七年——大凶

元祿八年——大凶

元祿九年——凶

元祿十五年——半凶

寶永二年——凶

寶永三年——凶

寶永四年——大凶

享保一年——凶

享保五年——凶
元文二年——凶
元文五年——凶
延享二年——大凶
延享四年——凶
寬延二年——大凶
寶曆五年——大凶
明和四年——凶
安永五年——半凶
天明二年——大凶
天明三年——大凶
天明六年——大凶
天明七年——半凶
寬政一年——凶

寬政五年——凶
寬政十一年——凶
文化十年——凶
天保三年——半凶
天保四年——大凶
天保六年——大凶
天保七年——大凶
天保八年——凶
天保九年——大凶
天保十年——凶
慶應二年——凶
明治二年——凶
明治六年——凶
明治二十二年——凶

明治二十四年——凶

明治三十年——凶

明治三十五年——大凶

明治三十八年——大凶

大正二年——凶

昭和六年——凶

昭和九年——凶

昭和十年——凶

昭和[3]十五年——半凶

3 元和　一六一五～一六二四；寬永　一六二四～一六四四；明曆　一六五五～一六五八；寬文　一六六一～一六七三；延寶　一六七三～一六八一；天和　一六八一～一六八四；貞享　一六八四～一六八八；元祿　一六八八～一七〇四；寶永　一七〇四～一七一一；享保　一七一六～一七三六；元文　一七三六～一七四一；延享　一七四四～一七四八；寬延　一七四八～一七五一；寶曆　一七五一～一七六四；明和　一七六四～一七七二；安永　一七七二～一七八一；天明　一七八一～一七八九；寬政　一七八九～一八〇一；文化　一八〇四～一八一八；天保　一八三〇～一八四四；慶應　一八六五～一八六八；明治　一八六八～一九一二；大正　一九一二～一九二六；昭和　一九二六～一九八九。

即便不是津輕人，看到這張年表，想必也忍不住要嘆氣吧。從豐臣秀吉於大阪夏季會戰遭到滅亡的元和元年至今約莫三百三十年的歲月，總共出現過大約六十回的歉收，粗略估計是每五年就會發生一次歉收。N君再讓我看了另一本書，裡頭有一段如下的記敘：「及至翌年天保四年，自立春吉日起東風頻肆，至三月上巳之節[4]積雪未消，農家仍需雪橇載運。時入五月，秧苗僅長一束，爲趕及時序只得著手插秧，然連日東風愈強，雖爲六月伏天，仍是密雲重重天幕濛濛，青天白日幾稀。（中略）每日早晚寒氣逼人，六月伏天仍著棉衣，入夜尤冷。逢七月『佞武多』慶典時節（筆者注：津輕每年例行慶典之一。陰曆七夕，於大型板車上裝載依武士或龍虎形狀打造之巨大彩燈，由當地青年們裝扮成各種人物於大街上踏步載舞，拖行大彩燈車遊行，且必定與其他城鎮之大彩燈車互撞相擊。傳說此乃秋上田村麻呂[5]征伐蝦夷之際，造此大彩燈車誘出山中蝦夷爭睹，趁機一舉殲滅，從此流傳後世，然此傳說不足爲信。此慶典不限於津輕一地，東北各地皆有相似風俗，比方東北夏季之『山車』慶典，亦相去不遠矣），道路不見蚊聲，屋內雖偶有所聞，卻無吊掛蚊帳之需，蟬鳴亦甚爲罕聞。及至七月六日暑氣方出，臨近中元才著單衣；十三日，早稻出穗甚多，地方狂喜慶中元；十五日、十六日日光涅白，猶如黑夜之鏡；十七日午夜，舞者散去，來往行人疏寥，拂曉之時突降厚霜，壓穗伏折，往來老少見之涕泣滿襟。」這般況境，唯有悽慘二字形容。我們還小的時候，也曾聽老人家講述過「饑渴」（津輕方言將歉收說成是「饑渴」，也許是饑饉的諧音）時令人鼻酸的慘狀，彼時雖然年幼，仍是聽得心情沉重，撇嘴欲哭。闊別多年回到故鄉，讀到如此血淋淋的紀錄，我的感受已經不僅僅是悲傷，而是一種莫名的憤怒了。

「這樣怎麼行！」我說道，「政府大言不慚地高倡現在已經進入科學時代了，卻沒有能力指導百姓預防歉收的方法，簡直是無能呀！」

4 日本五大節慶之一的三月三日女兒節。起源於中國在三月三日齋戒沐浴的儀式，日本古時的朝廷貴族亦到河邊舉辦曲水宴席作為除穢儀式，民間則自古將此日訂為婦女的節日，食用艾草麻糬和白甜酒以為慶祝，之後演變為女兒節。

5 坂上田村麻呂（七五八～八一一），日本平安時代初期的武將，封號爭夷大將軍，歷任桓武、平城、嵯峨三代天皇，於平定蝦夷與鎮撫藥子均立下軍功。

「不，工程師們也在鑽研各種研究，比方改良出可以耐受寒害的品種，也針對插秧的時間做過各種改進。現在雖然不會再發生像過去那樣嚴重的饑荒了，但還是大約每四、五年就會遇上一次歉收。」

「太無能了！」我把嘴抿得緊緊的，滿肚子悶氣不曉得該找誰發洩。

N君笑了。「世上還有人是住在沙漠裡的呢！你再氣也無濟於事啊！就是因爲在這種環境下生活，反而還產生了獨特的人情味喔！」

「也算不上什麼像樣的人情味嘛！連一處如沐春風的地方都沒有。拿我來說，面對來自南方的藝術家時，我總覺得矮人一截。」

「就算這樣，你也沒輸別人呀！自古以來，津輕這地方從未被外地人攻陷過。頂多挨揍，卻不曾輸過，況且連第八師團不也堪稱是國寶嗎？」

我們的祖輩一生下來遇上了歉收，在艱難的困境中長大成人。這些熬過困境的祖輩們的血液，也必然在我們的體內流動著。如沐春風的美德固然令人羨慕，可我們只能努力以祖輩悲苦的血液作爲肥料，培育出碩大而美麗的花朵。也許我不應長嗟短嘆於昔日的愁苦，而該學習N君，坦率地爲故鄉櫛風沐雨的傳統感到自豪。何況從此而後，津輕總不至於還像過去那段辛酸的歲月一樣，始終在地獄裡輪迴，不得超生。

第二天，N君領著我搭乘巴士沿外濱古道北上，在三廄投宿一夜，天亮後沿著浪花拍岸的海邊小徑步行到達本州最北端的龍飛岬。就連三廄與龍飛之間那些荒涼蕭索的村落，也都令人同情地展現了津輕人的氣概，天天無懼怒濤、抵抗強風，拚了命地養家活口；至於三廄以南的各個村落，尤其是三廄和今別等地，更讓我看到了在脫俗而明快的海港氛圍中，從容不迫的生活景象。哎，我根本沒必要把自己籠罩在歉收的陰影下恐懼不安呀。為了幫本書的讀者一掃陰霾，也為了祝福我們津輕人邁向光明的前程，請允許我引用佐藤弘理學士那令人拍手稱快的文章吧！以下謹摘錄其著作《奧州產業總論》的幾個小節：

「蝦夷族版圖遍及全域，遭擊則匿於草裡，受追則遁入山中之奧州。地形層峰疊嶂，境內處處均為天然屏障，以致阻礙交通之奧州。周圍有著受到北上山脈阻隔以致未能發展、岬灣多如鋸齒狀海岸線的太平洋，以及風大浪高、海運不便的日本海，雙海分置兩側之奧州。冬季降雪量大，為本州最為冷之地，自古已遭受數十次歉收災厄之奧州。相較於九州耕地面積占二成五，此地僅有微不足道的一成半之奧州。綜上所述，不論從任何角度看來，奧州的天然條件皆極端不利，那麼，現在的奧州該靠什麼產業來養活六百三十萬人呢？

「無論翻開任何一本地理書籍，裡面關於此地的記載皆是奧州地處本州東北邊陲，食衣居住皆儉樸。且不說自古多以茅草、薄木板或杉樹皮覆蓋屋頂，如今仍有多數居民住在鐵皮屋裡，這些人裹布巾當衣服、穿燈籠褲[6]，粗茶淡飯，身處中下級階層而甘之如飴。然而，事實果眞如此嗎？奧州眞的沒有任何產業嗎？以迅速發展爲傲的二十世紀文明，難道唯獨不曾普及於奧州嗎？不，那是過去的奧州，假如要剖析現代的奧州，首先必須承認，今日的奧州具有和即將邁入文藝復興時期前的義大利，同樣旺盛的崛起力，無論是文化層面、抑或是產業層面皆然。幸蒙明治大帝對教育的垂念，不但使得教育迅速推行至奧州的每一個大城小鎮，矯正了奧州腔的刺耳鼻音，更促進了標準話的普及，對從前沉淪於原始狀態之蒙昧蠻族居住地賜予教化之光，令人耳目一新，積極投入開發與開墾，膏田沃野與時俱進，進而持續改良與改善畜牧、林業與漁業，使之日益暢旺。何況此地居民分布稀疏，未來發展可謂潛力無窮。

「如同竹雀、野鴨、山雀、大雁等各種候鳥成群巡遊此地覓食，大和民族於擴張時期亦由各地北上至奧州此地征服蝦夷，或上山狩獵、或下河捕魚，深受豐富資源的吸引而流連忘返。如是歷經數代，人們各自擇地而居，或於秋田、庄內[7]、津輕等處平原種稻、或於北奧山地造林、或於草原飼馬、或於海邊專事漁業，奠定了今日繁榮產業的基礎。奧州六縣六百三十萬居民，便是如此戰戰兢兢守住先人開發的特色產業，精益求精。儘管候鳥永遠會流浪遷徙，但樸實的東北居民卻早已定居，在此種稻、賣蘋果、在緊鄰蓊鬱美林的翠綠大平原上放牧良駒幼馬，抑或駕駛著滿載新鮮漁獲的漁船返回港口。」

這番盛讚奧州的賀詞，令我忍不住想奔到作者面前向他握手言謝。

第二天，我隨著N君北上奧州外濱。臨出發前，得先解決酒的問題。

「酒該怎麼帶去呢？要不要放個兩三瓶啤酒到背包裡？」聽N夫人這麼一

6 日本農村婦女從事勞動工作時穿著的防寒粗布褲。
7 原文為「莊內」，或為「庄內」之誤繕。

說，我險些冷汗直流，暗暗反省自己爲何生來會是個嗜酒如命的不正經男人呢？

「不、不用了！沒有就算了！反正……也不是……非喝不可……」

我前言不搭後語地說了一通，連忙背上背包飛也似地逃出了門外。過一會兒，N君隨後追上，我向他誠實招認：「哎，抱歉。我一聽到『酒』這個字眼就直冒冷汗，如坐針氈。」

N君似乎也有同感，紅著臉嘻嘻竊笑。「我也一樣。自己一個倒還能忍，可一見到你，說什麼都不能不喝了。住在今別的M先生說，他早前已慢慢向鄰居蒐集一些配給的酒存起來了，要不要先繞去今別一趟？」

「眞給大家添麻煩啦！」我嘆了一聲，心裡五味雜陳。

我們原先計畫從蟹田搭船直奔龍飛，回程再步行和搭巴士，無奈那天一早就颳起了強大的東風，天氣甚至可說相當惡劣，因此預定搭乘的定期輪班也不開了，只好改變行程，乘坐巴士出發。巴士上的乘客比意料中來得少，我們兩個一路都有舒適的座位。沿著外濱古道往北行駛一個小時左右，強風逐漸緩了下來，還出現了湛藍的天空，我還猜也許定期輪班會恢復行駛。總之，先繞去今別的M先生家，如果輪班恢復航行，一拿到酒就從今別港上船。我實在不想來回都走同一條陸路，那樣未免太無趣了。N君不停地在車窗前指著沿途的風景講給我聽，不過巴士漸漸靠近國防要塞，應該不宜將N君熱心的說明仔細寫在這裡。總之，這一帶已經完全看不到從前蝦夷族住家的模樣。或許是因爲天氣開始放晴，每一個村落看起來都乾淨明亮。寬政年間出版的京都名醫橘南谿[8]的《東遊記》[9]，有這樣的記載：「自開天闢地以來，此地尚不曾如今日之太平。西起鬼界屋玖島，東至奥州外濱，此乃號令不達之地。遠古之時，屋玖島稱屋玖國，其名猶如異國，奥州亦有半數爲蝦夷族領地，及至近前，南部與津輕一帶地名仍具諸多蠻名，可見該地曾爲蝦夷族之居所。外濱之道沿途村

8 橘南谿（一七五四～一八〇六），江戶時代中期的醫生及文人，生於伊勢國（現在的三重縣），於京都開業行醫，著有《傷寒論分註》，懸壺濟世之餘至各地遊歷，著有《西遊記》、《東遊記》等旅遊記事。

9 江戶時代中期的旅遊記事，橘南谿著，分上下二篇共十冊，記敘其於天明四年為修習醫學而遠赴東海、東山、北陸各地遊歷的見聞。另有姊妹篇的《西遊記》，合稱《東西遊記》。

名，亦有諸如龍飛、袰月、內松砿、外松砿、今別、內越等等，均爲蝦夷語發音。如今內越一帶風俗仍與蝦夷族略微相似，津輕人亦喚其爲蝦夷種而蔑視之。依余之見，不僅內越一帶，南部及津輕一帶村民亦大抵爲蝦夷種。唯有及早蒙受皇化披澤，改正風俗語言之地，方得以世居數代之日本人自居。故禮儀文化迄今尚未啟蒙，乃屬天經地義。」自《東遊記》成書至今，約莫時隔一百五十年，倘讓作古多年的橘南谿搭上巴士，駛過今日筆直平坦的水泥馬路，或許他會茫然納悶，又或者他會驚嘆昨冬之雪今何在？橘南谿的《東遊記》與《西遊記》可謂江戶時代之名著，但正如其在凡例[10]中自承：「余遊歷乃爲精進醫學，相關醫事可謂雜談，載於另處以示同仁。唯此書順記旅途見聞，未曾正其虛實，必多有謬誤。」亦即作者坦言文中紀錄只求勾起讀者好奇心，便覺心滿意足，深知其中必有不少無稽奇談。且不說其他地方之軼事，單就外濱一帶爲例，即有如下記事：「奧州三馬屋（筆者注：三廏的古稱）位於松前渡海之津、津輕領地之外濱，乃日本東北盡頭。古時源義經逃出高館[11]欲渡往蝦夷時來至此處，惜無渡海順風而逗留數日，此間急切難待，遂將所攜觀音像置於海底岩石之上祈求順風，忽而風向逆變，得以安然渡往對岸松前之地。其觀音像今存此地寺院，是謂『義經祈風觀音』。另岸邊有一巨岩，岩體併排三窟形似馬廄，是爲源義經拴繫坐騎之處，即地名三馬屋之由來。」橘南谿對上述記載毫無絲毫置疑。此外，尚有如是記述：「奧州津輕外濱有一名曰平館之地，此地北方有巖石面海而突，是爲石崎之鼻。越過該處續向前行，有一深峽名曰朱谷，夾於群山峻嶺之間，潺潺細流涓淌入海。此谷之土石皆爲朱色，水色亦爲朱紅，朝陽映濕石猶若燦爛花海，賞心悅目。入海口之小石亦多爲朱色。傳聞此處海中之魚，魚體皆爲通紅。只因山谷遍地朱紅，即言海中之魚及小石皆爲朱，且不言有情無情，實乃匪夷所思。」書中之奇聞異談還不只這一段，尚且提到一尾名爲魚翁之怪魚，棲身於北海之中，關於其懾人的記述如下：「體長竟達二、三里[12]，無人曾睹該魚全貌。偶浮於海面，望似浮現若

10 說明本著作的內容與編纂體例，相當於現代書籍中的序。
11 位於岩手縣平泉的奧州藤原氏府邸「衣川館」的別稱。
12 長度單位，一里約三．九公里。

干大島，背鰭尾鰭隱隱可見。魚翁吞噬二、三十尋[13]長巨鯨，猶若鯨吞沙丁魚，故此魚一出，鯨群必東竄西逃。」另外，還有一則怪談：「逗留三廏之際，一夜，該戶近鄰老人皆來與祖父祖母相聚，眾人圍爐而坐，聊談山南海北故事。且說此二、三十年前，松前之巨大海嘯，令人懼怕膽寒，此際風平浪靜雨亦遠，只覺天色陰沉，夜夜時時有發光之物東西橫過天穹，日漸增大。及至四、五日前，於白晝亦有各路神佛飛越天邊，有著衣戴冠御馬者，有乘龍駕雲者，尚有鞭騎乘犀象之類神獸者，且有著雪白素衣、抑或穿紅戴綠者，滿天形體或大或小、異類異形之神佛，東西向飛越。我等有幸日日出屋拜見如此不可思議之奇景。如此四、五日後，某日黃昏抬眼遠眺海面，隱隱可見白如雪山之物。眾人奔走相告，『瞧哪！海上又有奇物出現！』雪山漸漸逼近，及至近處猶如撲越島山之勢，定睛卻見原是驚天巨濤！『是海嘯！快逃啊！』男女老少爭相逃竄，須臾間海浪湧至，民房農田草木禽獸，盡皆捲入海底，海邊村落竟無一人生還。眾人至此恍然：諸神於雲中飛行，實乃示警此一天災，促民速速離去。」橘南谿以平易的文體，記敘了如此殊罕又如夢境般的故事。關於此地風光的具體樣貌，我認爲還是不寫爲妙，不如抄寫古人的遊記以饗讀者。內容儘管荒誕無稽，然而宛如童話故事般的氛圍，亦不失另一種樂趣，因而摘錄了《東遊記》裡的兩三則記事。順道再多介紹一則我覺得小說愛好者應該會覺得特別有意思的記載：

「余逗留奧州津輕外濱之際，當地官吏頻頻審問是否有丹後之人逗留。余問其何故，答曰津輕岩城山神甚爲厭惡丹後之人。倘有丹後之人潛入此地，當即風雲色變，雷雨大作，船舶無法出入，津輕領主甚爲困愁。余四處賞玩之時，倘遇狂風連作，便有人責問是否有丹後人進入。但凡天候欠佳，官吏當即嚴厲審訊，倘有丹後之人在此，須立即驅逐出境。丹後之人一旦離開津輕界外，天候立即晴朗，風平浪靜。不單當地習俗忌諱，官吏亦每每鄭重其事，實屬罕見。青森、三馬屋以及外濱之道等港，最是厭惡丹後之人。余滿腹狐疑，詳問因何至此，答曰：當地岩城山爲安壽公主出生之地，因而奉祀安壽公主爲

13 長度單位，六尺約一．八公尺，用於測量水深或繩長。

守護神。皆因當年公主流落丹後之國時，曾遭三庄太夫苛刻虐待，以致倘提及該地之人，岩城之神當即勃然大怒，呼風喚雨。外濱之道九十餘里之內居民，皆仰漁獵和船渡過日，最是祈盼風調雨順，爲求天候晴好，當地人無不忌諱丹後之人。此說甚至擴及鄰境，連松前南部等港口居民亦皆厭惡丹後之人，將其遣送出境。人之怨念竟至如此之深！」

這話實在說不通，丹後人可眞受委屈了。丹後國即爲現在京都府的北部，那一帶的人要是現在來到津輕，就得倒大楣了。安壽公主與廚子王[14]的故事，我們從小就從圖畫書看過，再加上森鷗外[15]的傑作《山椒大夫》，但凡喜歡小說的人，沒人不知道的。不過，似乎並沒有太多人曉得，那個悲情又淒美故事裡的姊弟是津輕人，死後又被奉祀在岩木山。其實，我認爲這段傳說也有些啓人疑竇。既然橘南谿可以未經查證，就寫下了諸如源義經來過津輕啦、海裡有身長三里的大魚啦、石頭的顏色染紅了河水和魚鱗啦等等，這或許同樣屬於「未曾正其虛實」一類不負責任的紀錄。話說回來，安壽公主和廚子王是津輕人的說法，也曾出現在《和漢三才圖會》[16]裡面「岩城山權現」的條目當中。

由於《和漢三才圖會》是以漢文書寫，不大容易讀，不過那個詞條是這樣寫的：「相傳，昔有本國（津輕）領主岩城判官正氏，於永保[17]元年冬，進京之時因讒言遭謫西海。本國有二子，姊名安壽、弟名津志王丸，與母同流浪，途經出羽[18]至越後直江浦云云。」起頭處似乎信心十足，到後來卻又不打自招了：「所謂岩城，與津輕的岩城山南北相隔八百里，以此奉祀令人生疑。」至於森鷗外在《山椒大夫》一文中，則是這樣寫的：「離開了岩代信夫郡之居

14 傳說安壽公主與廚子王是一對姊弟，父親原為奧羽五十六郡之太守，因遭饞言所害，一家四散，安壽公主和廚子王被賣給丹後國的山椒太夫當下人，受盡折磨，安壽公主與廚子王密謀逃離，可惜事跡敗露，遭到嚴厲責罰，安壽公主因而殞命，廚子王得到姊姊讓與的地藏觀音像護體而存活下來，逃至京都，終於洗刷了父親的冤屈，並與母親重逢。森鷗外的知名小說《山椒大夫》即根據此故事為底本撰寫。

15 森鷗外（一八六二～一九二二），日本小說家、翻譯家、軍醫，生於島根縣，本名為林太郎。遠赴德國留學歸國後，致力於翻譯、創作與評論，對日本文學的現代化有莫大的貢獻，代表作包括《舞姬》、《青年》、《雁》、《阿部一家》、《高瀨舟》、《最後的一句》、《山椒大夫》、《澀江抽齋》等。

16 江戶時代百科圖鑑，共一百零五部，由寺島良安於一七一二年編著完成。該書仿效明朝的王圻編撰並於一六〇九年出版的《三才圖會》圖錄百科辭典，將和漢古今萬物分為天地人三才，各自配上插圖加上漢文解說。

17 一〇八一年～一〇八四年。

18 現今秋田縣與山形縣的舊時合稱。

所」。也就是說，我覺得大家把岩城一詞，時而讀作「iwaki」時而讀作「iwashiro」，然後加以穿鑿附會，最後就把那則傳說給套到津輕的岩木山上頭了。不過，以前的津輕人堅信安壽公主和廚子王是津輕的孩子，並因太過痛恨與咒詛山椒大夫，以致於怪罪來到此地的丹後人是津輕天氣變壞的原因，這看在我們這些同情安壽公主和廚子王的人眼中，倒也算是大快人心。

有關外濱的古代傳說，暫且到此打住。話說，我們的巴士在晌午時分到達了M先生家所在的今別。如同前文所述，今別是個明亮、甚至稱得上現代化的港口小鎮，居民大約接近四千人。N君領著我前去M先生家，出來應門的夫人說M先生不在。M夫人看起來好像有些無精打采。我有個毛病，每回看到別人家有這樣的情況，總會立刻聯想到該不會是我的緣故，害他們夫妻吵架了吧？雖曾不幸言中，所幸有時是我多心了。作家或報社記者的來訪，往往會給平凡的家庭帶來不安。這種事即便對作家來說，應當也是一種相當痛苦的經驗。沒有體驗過這種痛苦的作家，腦子必定不靈光。

「他上哪裡去了呢？」N君一副隨遇而安的模樣，卸下了背包。「總之，先借我們在這裡歇一下吧。」說完便逕自往玄關口的地板平台坐了下來。

「我去叫他。」

「哦，麻煩妳了。」N君氣定神閒地說道，「他在醫院嗎？」

「嗯，我想應該是。」面容姣好而婉約的M夫人輕聲應答，旋即趿上木屐出了家門。M先生在今別的某家醫院工作。

我也學N君一起坐在地板平台上，等待M先生。

「你先和人家打過招呼了吧？」

「唔，是啊。」N君好整以暇地抽起菸來。

「不巧挑在午飯時間上門，恐怕不大妥當吧？」我心裡有點過意不去。

「沒的事，我們自己帶飯盒來了呀。」N君若無其事地回答。瞧他這泰山崩於前而面不改色的神態，我想唯有西鄉隆盛[19]可與之比擬了。

---

19 西鄉隆盛（一八二七～一八七七），日本明治維新時期的軍人與政治家，九州薩摩藩（領地包含現今的鹿兒島縣與宮崎縣的西南部）出身，號南洲，主張推翻幕府，和木戶孝允及大久保利通並稱「維新三傑」，經過談判得以成功兵不血刃進入江戶城，對明治維新有極大貢獻，其後以參議身分獨排眾議，大刀闊斧施行廢藩置縣政策，後因主張徵韓論未獲支持憤而歸鄉開墾，於一八七七年的西南戰爭節節敗退而切腹身亡。現今的東京上野公園樹有其銅像。

M先生終於來了。他難為情地笑著邀我們：「來，進屋吧！」

「不，沒時間慢慢聊了。」N君站起身來說道，「如果船會開，我們打算現在就去龍飛。」

「是哦？」M先生輕輕點頭，「那我就去問一問船會不會開。」

M先生特意去了趟碼頭幫我們打聽，結果船班還是取消了。

「這也是沒辦法的事。」我那位可靠的嚮導看起來並不覺得掃興，「那，請讓我們在這裡休息一下，吃個飯盒吧。」

「嗯，坐在這裡就可以了。」我客套得連自己都覺得假惺惺。

「不進屋裡去嗎？」M先生有些失望地問道。

「那我們就不客氣啦！」N君很自然地開始解起了綁腿，「進屋裡慢慢打算接下來該上哪裡吧！」

M先生領著我們去了書房，房裡有個小地爐[20]，炭火劈里啪啦作響。書架上滿滿都是書，連保羅．瓦勒里全集和泉鏡花[21]全集都一冊不缺。即便是一口咬定「故禮儀文化迄今尚未啟蒙，乃屬天經地義」的那位橘南谿大夫來到這裡，保不準還會瞠目結舌呢。

「家裡有清酒……」彬彬有禮的M先生才剛開口，已經先臉紅了。「一起喝兩杯吧！」

「不不不，怎好在這裡就喝起來了……」話沒說完，N君已嘻嘻笑著裝迷糊。

「沒關係的，」M先生敏感地覺察到了，「要讓兩位帶去龍飛的酒已經另外備妥了。」

「是哦？」N君頓時兩眼放光，「哎，可如果現在喝了酒，今天大概就去不成龍飛了。」語聲未落，M夫人已默默地送來了酒壺。我自圓其說地心想，或許這位夫人並非對我們不高興，而是原本就沉默寡言。

---

20 農家將屋內地板挖出一塊四方型的地坑，鋪上沙土後生火，可作為取暖或炊煮用途。

21 泉鏡花（一八七三～一九三九），日本小說家，生於石川縣金澤，為尾崎紅葉之弟子，早期多寫「觀念小說」如《夜間巡警》、《外科室》，其後作品《湯島之戀》、《高野聖》奠定其神秘而浪漫的文風，其他代表作還有《照葉狂言》、《歌行燈》、《婦系圖》等。

「那麼，就小酌一兩杯吧！別喝醉了。」我向N君提議。

「黃湯下肚哪能不醉啊？」N君端出前輩的架子訓道，「看來，今天恐怕只能住在三廄了吧？」

「這個主意很好。您們今天就在今別好好逛一逛，一路走去廄，……呃，邊走邊逛的話大約一個小時吧？就算醉意醺然，都能輕輕鬆鬆地散步過去。」M先生也附議。決定了今天到三廄住一晚之後，我們就喝起來了。

從我踏進這個房間以後，有件事一直掛在心上。前些天在蟹田的時候，我曾脫口批評過一位五十歲的作家，現下發現他的散文集赫然擺在M先生的書桌上。即便我那天在蟹田的觀瀾山上把這位作家說得一無是處，看來仍沒有絲毫動搖M先生對這位作家的喜愛。忠實讀者的堅定意志，還真是不容小覷！

「那本書借我看一下。」

我實在不服氣，終於忍不住向M先生借來那本書隨手翻閱，並就映入眼簾的段落虎視眈眈地開始細讀。我原本計畫雞蛋裡挑骨頭後高唱凱歌，可我讀的部分似乎恰好是作者嘔心瀝血的結晶，根本找不到可以見縫插針之處。我默不作聲地讀著，讀完一頁、兩頁、三頁，最後總共讀了五頁，這才把書扔了出去。

「以我剛才看的地方來說，還算不錯；不過，其他作品還是有寫壞的。」我仍是嘴硬。

M先生的表情頗爲欣喜。

「原因出在豪華的裝幀上呀！」我更不認輸地辯駁道，「用這種高級紙張、還用這麼大的鉛字排版印刷，就算是馬馬虎虎的文章，看起來也像是那麼一回事！」

M先生沒和我抬槓，只安靜地笑著。那是勝利者的微笑。可老實說，我並沒有那麼不甘心。能夠讀到好文章，讓我釋然了。這要比在雞蛋裡挑骨頭後再高唱凱歌，來得更教人神清氣爽。這不是謊言。我眞心喜歡讀好文章。

今別這裡有一座著名的寺院叫本覺寺，從前有一位偉大的貞傳和尚是這裡的住持，因而聲名遠播。貞傳和尚的事跡，在竹內運平所著的《青森縣通史》中也有記載：「貞傳和尚爲今別新山甚左衛門之子，早年於弘前誓願寺入門修行，其後赴磐城平的專稱寺修行十五年，於二十九歲時接任津輕今別之本覺寺住持，及至享保十六年四十二歲。其教化範圍不僅及於津輕一帶，甚至遍及近鄰藩國。享保十二年修建金銅舍利塔供奉時，除本藩領內，尚有南部、秋田、松前等地的善男信女皆雲集於此參拜。」

我那位外濱的嚮導、N町議員提議，不如我們現在就去參觀那座寺院吧。

「要在這裡談論文學也行，不過，你的文學觀就是有那麼一股說不出來的怪，不是咱們一般人聽得懂的，所以你再過多久都不會變成大作家的啦！你瞧瞧人家貞傳和尚……」N君已經喝得很醉了，「人家貞傳和尚他呀，把佛教的傳道暫且擱到一邊，先做的是努力增進民眾的生活福祉。沒那麼做的話，民眾根本不會去聽什麼佛教的傳道啦！貞傳和尚他呢，先是振興產業，還有就是……」話才講到一半，他自己突然噗嗤笑了起來，「總之，去看看吧！人都來到今別了，哪能不去參觀本覺寺呢！貞傳和尚是外濱的驕傲。話雖這麼講，其實我也還沒去過。機會難得，我想趁今天去開開眼界。大夥一塊去不是頂好的嗎？」

我其實只想在這裡跟M先生一面對飲、一面談論所謂「有那麼一股說不出來的怪」的文學觀，M先生似乎也有同樣的想法。但是，N君對貞傳和尚的興趣非比尋常，終於讓不願起身的我們站起來了。

「那就順道參觀本覺寺，然後直接走去三廄吧！」我坐在玄關的木板平台上繫著綁腿，開口邀請M先生同行，「怎麼樣？你也一道去吧？」

「好的，那我就陪你們走到三廄。」

「眞是太感謝了！依現下情勢判斷，我猜咱們這位町議員今晚恐怕要在三廄的旅舍大談蟹田町政了，心裡頭其實挺悶的。這下有你同行，讓我踏實多了。夫人，借您夫君一個晚上。」

「好的。」M夫人只應了一聲，淺淺一笑。她似乎有點習慣了我們這群人的行徑，噢不，也可能是已經看開了吧。

我們請M夫人把清酒裝進各人的水壺裡，歡天喜地出發了。這一路上N君老把貞傳和尚四個字掛在嘴上念個沒完，我們聽得耳朵都要長繭了。走到可以望見寺院屋頂的時候，我們遇上了一位賣魚的大嬸。她拉的大板車上裝滿了各種鮮魚，我一眼看中一尾兩尺長的鯛魚。

「那條鯛魚多少錢？」我對魚價壓根一竅不通。

「一圓七十錢[22]。」

我沒多想就買下了。買了之後才發現不知該拿它怎麼辦好——眼下可是要進寺院哪！提著兩尺長的鯛魚進寺院，說有多怪就有多怪！我完全束手無策了。

「誰教你買了個麻煩？」N君撇著嘴譏笑我，「買那種東西想幹嘛啊？」

「哎，我盤算著到了三廄的旅舍就請老闆幫忙弄鹽烤全魚，擺在大盤子上讓咱們三個一起大快朵頤嘛！」

「你腦子裡怎麼淨是怪主意呀？那不成了辦喜事嗎？」

「可是，花個一圓七十錢就能享受奢侈，太便宜了呀！」

「便宜個頭！一圓七十錢在這地方算是買貴了。你真不懂得精打細算！」

「眞的嗎？」我沮喪極了。

到最後，我只得提著那尾兩尺長的鯛魚，走進了寺院。

「怎麼辦啊？」我小聲向M先生求救，「我想不出辦法了。」

「讓我想想……」M先生滿臉認真地思索著，「我去向寺裡面討幾張報紙來，您先在這兒等一會兒。」

M先生去了寺院的廚房，沒多久便帶回了報紙和繩子，把那條棘手的鯛魚裹起來塞進我背包裡了。我頓時如釋重負，這才有心情抬眼欣賞寺院的山門，建築並沒什麼出奇之處。

「這寺院也沒什麼了不起的嘛！」我壓低嗓門對N君說道。

「不不不，這裡有價值的是內在，不是外觀。總之，請先進去寺院裡面，聽聽方丈的介紹吧！」

我踩著沉重的步伐，百般不願地跟在N君的後頭進去。誰知道接下來發生的事情，可真教我吃足了苦頭。寺院的方丈外出了，一位五十歲左右、貌似老闆娘的人出來把我們領到了大殿，然後就開始了又臭又長的介紹，我們還得規

22 當時的物價，一塊豆腐為十錢。

規矩矩地端跪正坐、恭恭敬敬地仔細聆聽。好不容易介紹告一段落，我鬆了口氣正要起身，N君卻膝行向前，問道：

「這樣的話，我還想再請教一個問題。」他滿心好奇地問道，「這座寺院到底是貞傳和尚在什麼時候建造的呢？」

「你說什麼呀？這座寺院不是貞傳上人起造的呀！貞傳上人是這座寺院的第五代高僧，並且是中興之祖[23]——」接下來，又是一長串介紹。

「真的嗎？」N君露出了一頭霧水的表情，「這樣的話，我還想再請教一個問題，這位貞『床』和尚……」

N君居然講成了貞『床』和尚！真是太失敬了。

興致沖沖的N君又膝行湊上前去，幾乎快碰上老婦人的膝頭了，兩人滔滔不絕地一問一答。天色漸漸暗了下來，我開始擔心三廄還去不去得成了。

「那邊有一塊很大的匾額，就是那位大野九郎兵衛[24]大人親筆提的。」

「這樣啊！」N君似乎十分佩服，「說到大野九郎兵衛大人——」

「您應該知道吧，他是一位忠臣義士。」

眼看著話題又扯到忠臣義士去了。

「那位大人是在這地方辭世的，得年四十二歲。聽說他是一位非常虔誠的信徒，曾經多次捐給這座寺院大筆布施——」

這時候，M先生終於站起身走到老闆娘面前，從衣服內袋掏出一只白紙小包遞給她，靜默地施了一禮，然後朝N君低聲說道：「時間差不多了……」

「喔，唔，我們回去吧！」N君神態自若地說道，並向老闆娘道了謝，「多謝妳詳細的解說。」這才總算站起身來。

事後我們問他，他卻說老闆娘的話他連一句都沒有印象。我們簡直不敢相信自己聽到了什麼！於是繼續追問他：

「你不是興致勃勃地一連提了好多問題嗎？」

「不，那些都是在沒有意識之下發問的，我已經醉得一塌糊塗了嘛。我還

23 將已趨沒落的寺院使其重新香火鼎盛的僧人。

24 江戶時代中期，赤穗藩的家臣大老，因與另一大老大石良雄意見對立而亡命天涯，其後為取回家產而返回藩內，立遭逮捕，大石良雄允其取得家產後再度逃亡，不知去向。

以為你們一定想知道更多知識，所以才耐著性子跟那老闆娘講話，我這番犧牲完全為了你們呢！」

N君所發揮犧牲小我的精神，根本沒人希罕。

等我們走到三廄的旅館時，太陽已經下山了。我們被領到二樓的一個面街的別致房間。外濱的旅館都很高級，與這座小鎮不太相稱。房裡就能望見海，窗外開始飄起小雨，海面一片白茫，波平浪靜。

「這裡還不錯嘛！而且咱們還有鯛魚，就一邊欣賞雨中海景，好整以暇地把酒言歡吧！」我從背包裡取出那包鯛魚，交給了女侍。「這是鯛魚，拿去灑鹽，整尾烤好送上來。」

這位女侍的樣貌不大機靈，只應了一聲「哦」，心不在焉地接過鯛魚，走出了房間。

「妳聽懂了沒？」N君大概和我一樣，對那個女侍不是很放心，於是叫住她再次叮嚀：「記得是灑了鹽整尾烤喔！雖然我們有三個人，不用切成三塊喔！千萬別特地切成三等分喔！聽懂了嗎？」

老實說，N君的補充並不高明。女侍仍是教人不放心地回了一聲「哦」。

不久，飯菜送來了。那個貌似不機靈的女侍面無表情地說：鯛魚正在灑鹽上爐烤，今天沒有酒。

「沒辦法，那就喝咱們自己帶來的酒吧！」

「只能這樣啦！」N君性急地一把抓過水壺。「麻煩給我們兩個酒壺和三個酒杯。」

我們還在談笑著多拿幾只酒杯來也無妨的時候，鯛魚已經烤送進來了。N君方才提醒不必刻意切成三等分，卻造成了啼笑皆非的結局——一只單調又褪色的盤子上，孤伶伶地擱著五片切頭掐尾又去了骨的鹽烤鯛魚塊。我絕對無意挑剔食物，也不是因爲想吃魚才買下了這尾兩尺長的鯛魚。我想，讀者應該能夠體會我的用意——我是希望店家把這尾鯛魚照原樣烤好，然後擺到大盤子上供作欣賞，吃不吃倒是其次。我渴望的是一面欣賞肥美的鯛魚，一面品嚐美酒，享受一種寬裕富足的心境。儘管N君叮嚀的「不用特地切成三塊」不無語病，可店家竟然因此天外飛來一筆，乾脆切成了五塊，這種不解風情令我氣惱得捶胸頓足，恨得牙癢癢的。

「眞是成事不足、敗事有餘啊！」我望著堆在盤子裡那五塊愚蠢的烤魚（那已經不是鯛魚，充其量只是烤魚塊罷了），簡直欲哭無淚。店家還不如切成生魚片，我或許還能摸摸鼻子作罷；瞧瞧現下，魚頭和魚骨上哪去了？那氣勢十足的大魚頭，莫非被扔掉了？這家旅館開在漁獲豐富的港口，反而因此不懂得珍惜海產，也不曉得該如何運用最適切的方式烹調。

「別生氣了，魚很好吃喔！」處世圓融的N君毫不介意地夾起烤魚肉勸道。

「是嗎？那你一個人全吃了吧！吃呀！我才不吃哩！弄成這副蠢樣子還能吃嗎？說來都怪你，沒事說什麼『千萬別特地切成三等分』，就是因爲你多嘴，用那種在蟹田町議會的預算總會上賣弄的口吻解釋，才把那個傻楞楞的女侍給弄糊塗了。這都是你的錯！我呀，恨透你啦！」

N君一派悠哉，嘻嘻笑了起來。「不過，這樣不是挺有趣的嗎？我說不用特地切成三塊，他們就切成了五塊。逗趣呀，這裡的人眞逗趣啊！來吧，乾杯！乾杯呀乾杯！」

我就這麼稀里糊塗地被強迫乾杯。或許是因爲鯛魚的事耿耿於懷，我很快就酩酊大醉，還險些發起酒瘋來，早早便躺進被窩裡去睡了。到現在想起那條鯛魚來，我還是氣惱得很。哪有人這麼煞風景的呢！

第二天早晨起床一看，雨勢未歇。下樓問了店家，說今天還是不開船。這麼一來，只能沿著海岸走去龍飛了。我們決定雨一停立刻出發，然後又鑽到被窩閒聊等待放晴。

「從前有一對姊妹……」

我忽然講起了一則童話故事。有位母親給了兩個女兒數量相同的松果，要她們用松果生火煮米飯和味噌湯。吝嗇又謹愼的妹妹把松果小心翼翼一顆一顆扔進爐灶裡生火，結果別說是味噌湯了，連米飯都炊不熟。至於生性穩重大方、不拘小節的姊姊則把拿到的松果毫不吝惜地一股腦全添進了爐灶，一下子就蒸熟了米飯，接著利用餘燼做出了味噌湯。

「聽過這個故事嗎？喏，來喝吧！昨天晚上不是還留了一個水壺的酒，預備要帶去龍飛的嗎？現在拿來喝掉吧！小裡小氣的也沒用，倒不如大器一點，一口氣喝光光，這樣說不定還能留下灰燼呢。不對，不留也無妨，去了龍飛總有辦法可想的。況且在龍飛也未必非喝不可嘛！不喝酒又死不了人。滴酒不沾地躺在被窩裡，靜靜地思考過去和未來，不也挺好的嗎？」

「好啦、好啦！」N君霍然爬起來，「一切都按那位姊姊的方式做吧！咱們大口大口喝光吧！」

我們起身圍坐在地爐旁，拿鐵壺熱了酒，一邊等著雨停，把特意存下來的酒全喝完了。

到了中午，雨停了。我們吃了遲來的早飯，打點一下準備上路。我和N君在這透著冷意的陰天中，在旅館門前與M先生道別，向北出發了。

「要不要爬上去看看？」N君在義經寺的石牌坊前停下了腳步。牌坊的柱子上刻有捐獻者松前某某的姓名。

「嗯。」

我們穿過那座石牌坊，沿著石階拾級而上。距離最上面有一段相當長的路要爬。雨滴從石階兩旁夾道的樹梢上淌了下來。

「就是這裡嗎？」

爬完最後一級石階，映入眼簾的小丘頂站著一間古舊的祠堂，門扉上飾以三花五葉龍膽[25]的源氏家族徽紋。不知爲何，我胸口湧出一股莫名的不快，又開口問了一遍：「就是這裡？」

「就是這裡。」N君心不在焉地回答。

那部《東遊記》裡提到的就是這座寺院：

「古時源義經逃出高館欲渡往蝦夷時來至此處，惜無渡海順風而逗留數日，此間急切難待，遂將所攜觀音像置於海底岩石之上祈求順風，忽而風向逆變，得以安然渡往對岸松前之地。其觀音像今存此地寺院，是謂『義經祈風觀音』。」

25 氏族徽紋名稱。上方三朵龍膽花，下方的五片龍膽葉如扇狀竹葉。使用該徽紋的知名貴族為清和源氏及村上源氏。

我們默然地步下了石階。

「你瞧，石階上有很多凹坑吧？有人說是弁慶[26]的腳印，有人說是源義經坐騎的馬蹄印，眾說紛紜。」N君說著，帶點無奈地笑了。我很想相信他，卻沒法昧著良心。我們走出牌坊，看到矗立著一塊巨岩。關於這塊岩石，《東遊記》裡也提到了：「另岸邊有一巨岩，岩體併排三窟形似馬廄，是為源義經拴繫坐騎之處，即地名三馬屋之由來。」

我們刻意加快腳步通過那塊巨岩。故鄉的這種傳說，實在令人感到一種難以言說的羞愧。

「這肯定是在鎌倉時代，從外地流落到這裡的兩個結夥的不良青年想要掩飾什麼惡行，於是一個自稱是九郎判官[27]，另一個蓄鬍的宣稱叫武藏坊弁慶，到處誆騙鄉下姑娘讓他們借住一宿。津輕這邊關於源義經的傳說實在太多了，或許不僅僅是鎌倉時代，即便到了江戶時代，還有人繼續假冒源義經和弁慶，到處招搖撞騙哩！」

「不過，扮演弁慶的人，好像挺吃虧的喔？」N君的鬍鬚比我來得濃密，大概是擔心我強迫他飾演弁慶的角色吧。「他一路都得背著七種笨重的武器，實在是麻煩透頂。」

聊談之際，我在腦海裡想像著那兩個不良青年的流浪生涯一定快活極了，甚至羨慕起他們了。

「這一帶的美女還眞不少呢！」我輕聲說道。這一路上經過的村落人家，偶爾能瞥見一眼姑娘們的身影，瞧她們個個膚色白晰、裝扮整潔，氣質挺不錯，手腳看來也不粗糙。

「是嗎？說起來，好像是那樣吧。」像N君這樣對女人漠不關心的人還眞罕見。他只對酒有興趣而已。

「假如現在還冒充源義經，總不會有人相信了吧？」我犯傻地幻想著。起先我們還在爭辯著那些無聊的話題，好整以暇地逛遊，可兩人的腳步逐

26 武藏坊弁慶（？～一一八九），日本平安時代末期的僧兵，身材魁梧，相傳追隨源義經一起討伐平氏。相關傳說常作為神話與小說等素材。

27 源義經的別名。

漸加快，幾乎像在競走，也閉嘴不談了。因爲從三廏來到這裡，酒氣已消，寒意逼人，不得不加緊趕路，兩人同樣行色匆匆。海風愈發強勁，好幾次險些捲飛了我的帽子，每一次我都得用力拽下帽簷，到最後終於把人造羊毛短纖的帽簷給扯破了。豆大的雨點一陣一陣地撲打，黑鴉鴉的厚雲壓在天邊，海浪也愈發洶湧。我們走在岸邊小徑，不時有浪沫濺上了面頰。

「現在這條路已經算很好走了，六、七年前可不是這個樣子的，有幾段路還得等浪潮退去才能趕快衝過去哩！」

「不過，就算是現在，也不能趕夜路吧？簡直是寸步難行。」

「對，趕夜路可不成。哪怕是源義經還是弁慶，統統沒法子！」

我們認眞地談論這個話題，並沒有放慢腳步。

「累不累？」N君回頭問道，「沒想到你腳力還不錯嘛！」

「嗯，我還寶刀未老呢！」

大約在走了兩個小時以後，四圍的風景似乎變得異樣淒涼，甚或可以用淒愴來形容。那已經稱不上是風景了。所謂的風景，會在悠久的歲月中得到許多人的觀賞和讚譽，亦即在人的凝視中變得溫柔、被人馴服後變得婉順。即便是高達一百公尺的華嚴瀑布[28]，也宛如成了一頭籠中猛獸，可以從中隱約嗅到人味。舉凡自古以來出現在繪畫中、在和歌與俳句中被吟詠的名勝險境，一概毫無例外，皆可感受到有人存在的氛圍；然而，位於本州北端的這處海岸，卻根本成不了風景，甚至不允許點景人物的出現。倘若勉強要擺個點景人物到這裡，就只能雇個身披白色樹皮衣的愛奴族老人了。像我這樣身穿紫色夾克外套的、女氣陰柔的男子，肯定會慘遭拒絕。這裡既不會被畫成圖，也不會被寫成和歌。這裡有的只是岩石和海水而已。記得好像是岡察洛夫[29]的經歷，他在大洋上航行遇到風暴的時候，老練的船長對他說：「你上甲板看一看吧！這麼大的浪到底該怎樣形容才好呢？你們文學家肯定能幫這樣的海浪找出一個完美的

28 由栃木縣中禪寺湖沖灌而下的瀑布。

29 伊凡．亞歷山大羅維奇．岡察洛夫（一八一二～一八九一），俄羅斯批判現實主義小說家，曾於一八五三年參與於長崎舉行日俄外交談判，其長篇小說《奧勃洛莫夫》大獲好評，其他代表作尚有《平凡的故事》、《懸崖》等。

形容詞來。」岡察洛夫凝視著海浪，片刻過後，他只嘆著氣，說了一句「太可怕了」。

正如同面對大洋的狂浪、沙漠的風暴時，什麼文學性的形容詞一個也想不出來，位於本州這條路盡頭的岩石和海水，也只能以「可怕」兩個字來形容而已。我撇開視線，只管盯著自己的腳步往前走。直到距離龍飛三十分鐘腳程的時候，我才淺淺一笑：

「早知道，還是該把那壺酒留下來才對。我猜龍飛的旅舍不會有酒，這天氣冷成這樣……」我忍不住發起了牢騷。

「是啊，我也正在想這件事。前面不遠，有個朋友住那裡，說不定會有配給的酒。他們家不喝酒的。」

「去幫我問問看啦！」

「嗯，沒酒還是不行。」

那戶朋友家在龍飛的前一個村落。N君摘下帽子，才進去沒多久，就忍著笑意出來了。

「咱們這叫走狗運！他給我裝了滿滿一壺，不只半升哩！」

「結果還眞是『餘燼猶存』哩！走吧！」

再走一段路就到了。我們彎腰頂禦強風，一溜小跑地奔向龍飛。才想著這條路怎麼愈來愈窄了，一個沒留神便一頭栽進雞舍。我愣了一瞬，不懂自己發生了什麼事。

「龍飛到了。」N君聲調古怪地說道。

「就這裡？」我鎮定下來，朝四下看了一圈，原來我以爲的雞舍，其實就是龍飛村落。一間間矮小的房屋緊緊挨在一塊，相互撐持庇護，一同抵擋凶猛的暴風雨。這裡是本州的極地。穿過這座村落，路就到了盡頭，再往前走就要掉進海裡。前頭再也沒有路了。這裡是本州的死巷子。請讀者務必牢記在心！當諸君向北走時，只要沿著這條路不斷往前，就一定能走到這條外濱古道，然後路幅會愈來愈窄，再繼續向前走的話，就會忽然掉到這個雞舍一般的奇妙世界。諸君一路至此，已是前無去路。

「不管誰來都會嚇一跳的。我頭一次到這裡的時候，還以爲闖進了別人家的廚房，嚇出了一身冷汗呢！」N君也這樣說。

然而，這裡在國防上具有非常重要的戰略地位。因此，我必須避免介紹太多這座村落的細節。我們穿過小巷弄，到了一家旅舍，一位老太太出來接待，把我們領進客房。這家旅舍的房間同樣讓我很是驚喜，格外整潔別致，絕不是用薄木板隨便搭建的。我們先換上了鋪棉的寬袖袍，隔著小地爐盤腿對坐，總算覺得自己重返人間。

「請問……有酒嗎？」N君向老太太問道，口氣語調聽來十分穩重，彷彿經過了深思熟慮。老太太的答案令我們很是意外。

「是的，有酒。」她很自然地回答道。這位臉型修長的老太太看來頗爲優雅。

「老太太，可是我們想多喝一些喔！」N君苦笑著說道。

「請盡管喝，想喝多少都行。」老太太微笑著回答。

我了N君互看了一眼，甚至懷疑這位老太太該不會根本不曉得這年頭的酒可是昂貴得很呢。

「今天剛發了配給，有些鄰居不喝酒，所以我去收集回來了。」老太太說著還比出收攏的動作，接著張開兩手模仿抱著很多一升酒瓶的樣子。「我那口子剛剛才抱回來這麼多呢！」

「有那麼多酒，那就夠喝了。」我終於放下心來，「那就用這個鐵壺熱酒。馬上拿四、五壺清酒，……哎，太麻煩了，送個六壺來吧！」我琢磨著得趁老太太還沒改變心意前，多叫些酒擺在這裡才妥當。「飯菜稍後再上就好。」

老太太依我的吩咐，用托盤端來了六小壺清酒。喝了一兩壺之後，飯菜也送上來了。

「客倌請慢用。」

「謝謝。」

不到眨眼工夫，六壺清酒就見底了。

「酒已經沒了？」我十分驚訝，「怎麼那麼快？喝太快了啦！」

「真的喝了那麼多嗎？」N君同樣滿臉狐疑，還依序拿起一只只空酒壺晃動加以確認。「沒了。可能是太冷了，所以我們卯起來喝。」

「每只酒壺可都裝得滿滿的哩！這麼快就喝光了，要是叫老太太再送六壺過來，她說不定會懷疑我們是妖怪呢。要是老太太胡思亂想，怕了起來，不讓咱們喝酒那就麻煩了，我看，還是先把自己帶來的酒熱了喝，過一會兒再叫六壺酒，這樣才是上策。咱們今晚就在這本州最北端的旅舍喝個通宵吧！」

沒有想到，我出的這個餿主意成了今晚最大的失策。

我們把水壺裡的酒倒進酒壺裡，盡量慢慢喝。喝著喝著，N君忽然有了醉意。

「不成了！今晚我恐怕要醉了。」他豈止是恐怕要醉了，根本已經是醉醺醺的了。「不成啦！今晚……我要醉啦！可以嗎？我可以喝醉吧？」

「當然可以。我今晚也打算醉個痛快。咱們悠著點喝吧。」

「我來獻唱一曲吧！你沒聽過我唱歌吧？我很少唱。可是，今天晚上我想來一首。我說啊，我唱一首給你聽，行吧？」

「眞拿你沒辦法。那我就洗耳恭聽吧！」我已經有了心理準備。

「涉過幾條河、越過幾重山[30]……」N君閉著眼睛，開始低聲吟唱那首若山牧水[31]的旅歌，所幸不如想像中的可怕。我靜靜地聆聽，意外地頗爲感動。

「怎麼樣？怪嗎？」

「不怪，我還有點感動了。」

「那好，再來一首。」

這回可就糟透了。或許是因爲來到了本州最北端的旅館，他跟著變得豪氣干雲，居然扯開教人膽戰心寒的大嗓門吼唱起來了。

「那東海小島的海邊[32]……」他唱起了石川啄木[33]的短歌，嗓音豪邁粗

---

30 出自若山牧水的短歌，大意是「究竟要跋涉過幾條河、越過幾重山，方能抵達寂寞的終點呢？來吧，今天繼續踏上這條旅途！」收錄於其第一本歌集《海之聲》。

31 若山牧水（一八八五～一九二八），日本自然主義歌人，生於宮崎縣，早稻田大學英文系畢業，師事尾上柴舟，於一九一一年創辦詩歌雜誌《創作》，喜好喝酒與旅遊，歌風簡明。

32 出自石川啄木的短歌，大意是「在東海小島的海邊流著淚和螃蟹嬉戲」，詠嘆其年輕歲月的哀愁。收錄於歌集《一握之砂》。

33 石川啄木（一八八六～一九一二），日本明星派的歌人與詩人，生於岩手縣，師事與謝野鐵幹、與謝野晶子夫妻，擅長以白話文書寫三行短歌，內容生活化。曾撰寫評論《時代閉塞之現狀》對自然主義提出批判，顯示其思想轉變為傾向社會主義。代表作包括歌集《一握之砂》、《可悲的玩具》、《叫子與口哨》，以及小說《白雲是天才》。

獷，連屋外的狂風大作都被他的歌聲蓋過去了。

「太糟了……」我評論道。

「很糟嗎？那我重唱一遍！」他深吸一口氣，轟然爆出了更可怕的鬼吼，而且還錯唱成「那東海海邊的小島」。接下來，他又沒來由地突然詠起「今朝記史如增鏡[34]……」，居然連《增鏡》的和歌都吟誦出來了，既如呻吟，又像吶喊，亦像嘶吼，眞是太不妙了。我心驚膽戰地祈求，千萬別讓裡面的老太太聽見了。豈料天不從人願，隔扇唰地拉開，老太太果眞來了。

「好了，歌也唱了，該睡覺了。」說完，老太太便撤下飯菜，利索地鋪好了床被。看來，她確實被N君豪氣干雲的鬼吼嚇得魂飛魄散了。我還想著要開懷暢飲呢，眞是敗興得很。

「都怪你壞事！都怪你歌唱壞事啦！要是唱個一兩首打住就好了。那副鬼哭神號的破鑼嗓子，叫誰聽了都會被嚇破膽的嘛！」我嘀嘀咕咕的，滿腹牢騷地睡下了。

第二天早上，我在被窩裡聽到了一個小女孩清脆的歌聲。這一天，風停了，晨光灑入房裡。小女孩正在外面的路上唱著拍皮球歌。我抬起頭來，側耳靜聽。

摘、摘、摘[35]
夏天快來八八夜[36]
平原山野滿新綠
紫藤隨風輕擺動

34 日本南北朝時代（一三三六～一三九二）的歷史故事，共十七卷，亦有增補本有第十九與二十卷，相傳作者為二条良基，完成於應安年間，以和文撰寫自後鳥羽天皇誕生至後醍醐天皇從隱岐賦歸之間約一百五十多年的歷史。書名出自作者吟寫的和歌，大意是「現今記載史事應如澄鏡般清晰映照出歷代相傳的事蹟，僅將本書名為《增鏡》，盼能接續往昔承傳的歷史故事。」

35 出自日本小學唱遊課本的《採茶歌》。除了邊拍皮球邊唱，亦可由兩個小朋友面對面一邊唱一邊拍手、握手與模仿採茶的動作。

36 日本特有的節氣，以立春為第一天起算的第八十八天，此時為晚霜到來的日子，茶農認為這天摘採的茶葉最為上等。

我頓時感慨萬千。本州的北端至今仍被中部地區的人們蔑視爲蝦夷之地，我實在沒有想到竟能聽到如此清脆的歌聲、如此美麗的歌曲。就像那位佐藤理學士所說的：「假如要剖析現代的奧州，首先必須承認，今日的奧州具有和即將邁入文藝復興時期前的義大利，同樣旺盛的崛起力，無論是文化層面、抑或是產業層面皆然。幸蒙明治大帝對教育的垂念，不但使得教育迅速推行至奧州的每一個大城小鎮，矯正了奧州腔的刺耳鼻音，更促進了標準話的普及，對從前沉淪於原始狀態之蒙昧蠻族居住地賜予教化之光，令人耳目一新……云云。」

我從這個小女孩可愛的歌聲中，彷彿看到了充滿希望的曙光，不禁感慨萬千。

四、津輕平原

「津輕」：本州東北端面向日本海那側的古代稱謂。齊明天皇[1]時代，越[2]之國司[3]阿倍比羅夫[4]治理出羽地方的蝦夷之地，及至齶田（現今的秋田）、渟代（現今的能代）、津輕，乃至於北海道，此爲津輕之地名首見於史籍，亦即派令當他的酋長擔任津輕郡領[5]。此時，遣唐使秘合部連石布[6]攜蝦夷呈示唐朝天子。隨行官人伊吉連博德，應天子垂問而詳釋三種蝦夷，曰：鄰

1 齊明天皇（五九四～六六一），日本第三十五代與第三十七代天皇，原為舒明天皇的皇后，舒明天皇崩殂之後，為避免皇子爭奪皇位而親自即位，稱號皇極天皇，其後讓位孝德天皇，再於孝德天皇崩殂之後於飛鳥板蓋宮之皇居即位，稱號齊明天皇，翌年遷都至飛鳥岡本宮，在位七年。

2 古代對現今北陸地區及奧羽地區之日本海沿岸的通稱。

3 律令制的首長，此處借用為該地的首長。

4 阿倍比羅夫（五九二～七一〇），日本飛鳥時代的武將。

5 律令制的地方官，層級較國司為低，統治一郡，多半由當地的豪族擔任與世襲。

6 齊明天皇時代的遣唐使。

近者爲熟蝦夷[7]，次之爲荒蝦夷，遠處則爲都加留[8]，其餘蝦夷自當其他種族看待。津輕蝦夷之稱謂，亦屢次散見於元慶[9]二年出羽之夷[10]叛亂之際。時任將軍之藤原保則[11]平定叛亂，自津輕至渡島，將前代未曾歸順之雜種夷人悉數納屬。渡島即如今之北海道。津輕歸屬於陸奥，應是源賴朝平定奥羽並收附於陸奥守護下之時。

「青森縣沿革」：本縣之地域，直至明治初年由岩手、宮城、福島諸縣之地合爲一諸侯國，稱爲陸奥。明治初年，此地共有弘前、黑石、八戸、七戸及斗南[12]等五藩。明治四年七月，廢除列藩改爲縣制；同年九月，府縣廢合，一度皆合併於弘前縣；同年十一月，廢除弘前縣，改置青森縣，並將前述各藩歸其轄下，後將二戸郡歸於岩手縣至今。

「津輕氏」：出自藤原氏族。鎮守府[13]將軍藤原秀鄉[14]之第八代子孫藤原秀榮[15]於康和[16]年間領有陸奥津輕郡之地，後於津輕十三港築城而居，以津輕爲氏。明應[17]年間，近衛尚通之子政信繼任當家，及至政信之孫爲信時成就不凡，子孫分家爲弘前、黑石之舊藩主。

「津輕爲信」：戰國時代武將，其父爲大浦甚三郎守信，其母爲堀越城主武田重信之女。生於天文[18]十九年正月，幼時名扇。永祿十年三月十八歲，成爲伯父津輕爲則之養子、近衛前久之義子。其妻乃津輕爲則之女。元龜[19]二年

7 順服朝廷的蝦夷族民。
8 發音與「津輕」相同。
9 八七七年至八八五年。
10 蝦夷族民。
11 藤原保則（八二五～八九五），日本平安時代前期的官僚，八七八年出任出羽權守，鎮壓蝦夷叛亂。
12 斗南藩。一八六九年，設於北郡（下北、上北郡）、三戶郡、二戶郡之藩屬，藩主為松平容大。會津藩於東北戰爭敗仗後被移封此處。
13 奈良至平安時代（七一〇～一一九二），於陸奧國負責管轄蝦夷事務之軍政官廳，及至鎌倉幕府（一一八五）成立後才廢止。
14 藤原秀鄉（生卒年不詳），俗稱俵藤太，平安時代初期的武將，於討伐平將門時消滅了平將門而立下大功，受封下野守，後代子孫成為支配關東中央地區的武士家族諸氏之祖。相傳其曾一箭射中作亂鄉里的大蜈蚣，為民除害。
15 藤原秀榮（一〇九六～一一九三？），津輕族譜上的津輕氏遠祖，十三氏之祖，居於十三湊。
16 一〇九九年至一一〇四年。
17 一四九二年至一五〇一年。
18 一五三二年至一五五五年。
19 一五七〇年至一五七三年。

五月，與南部高信交戰並斬之。天正[20]六年七月二十七日，討伐波岡城主北顯村，吞併其領地，順勢攻略近旁諸邑，於天正十三年大致底定津輕。天正十五年，欲謁見豐臣秀吉，惜於出發後遭受秋田城介安倍實季阻於途中，未果而返。天正十七年，獻贈鷹、馬等物予豐臣秀吉以求通好。天正十八年，征伐小田原[21]，迅速接應豐臣秀吉軍隊，受賜津輕及合浦、外濱一帶。天正十九年，出兵平定九户之亂。文祿[22]二年四月，前往京都謁見豐臣秀吉，並謁見近衛家，獲准使用牡丹花徽章，順道奉派至肥前名護屋[23]，犒慰豐臣秀吉軍陣。文祿三年正月，受賜從四位下右京大夫。慶長五年，出兵關原會戰，加入德川家康軍隊西上，於大垣奮戰有功，加封上野國[24]大館兩千石。慶長十二年十二月五日，卒於京都，享年五十八歲。

「津輕平原」：橫亙陸奥國之南、中、北等三處津輕郡之平原，位於岩木川河谷地帶。東起十和田湖之西，北至津輕半島山脊爲界，南以羽後分界之矢立嶺、立石越等處劃爲分水嶺，西隔於岩木山脈及海岸一帶沙丘（稱爲屏風山）。岩木川之幹流來自西方，於弘前市之北與南來之平川及東來之淺瀨石川匯合，向正北方續流，注入十三潟後入海。平原廣袤，南北長約六十公里，東西寬約二十公里，愈北漸窄，流至木造、五所川原時爲十二公里，及至十三潟岸邊僅餘四公里。此間土地低平，支流溝渠如密網。青森縣之稻米，大都產自此平原。

（以上引自《日本百科大辭典》）

津輕的歷史罕爲人知，甚至有人以爲陸奧、青森縣、津輕都是同義詞。這也難怪，因爲我們在學校裡習讀的日本歷史教科書中，津輕這個名詞僅僅出現過一次，也就是出現在記載阿倍比羅夫討伐蝦夷時的那個段落：「孝德天皇[25]

20 一五七三年至一五九二年。
21 豐臣秀吉征伐並消滅了北条氏政與北条氏直父子的戰役，從此完成統一全國的大業。
22 一五九二年至一五九六年。
23 佐賀縣東松浦郡鎮西町的地名。豐臣秀吉出兵攻打朝鮮時，以此地作為陣地。
24 現在的群馬縣。
25 孝德天皇（五九六～六五四，在位期間為六四五～六五四），日本第三十六代天皇，即位前原名輕皇子，齊明天皇之弟，由中大兄、中臣鎌足發動宮廷政變後即位，在位期間推行政治與經濟改革，史稱大化革新，並定年號大化，創日本年號之始。

駕崩，立齊明天皇，中大兄皇子[26]續以皇太子之尊輔政，派阿倍比羅夫平定今日之秋田、津輕之地。」儘管出現了津輕一詞，但前前後後眞的只有這一處而已。不管是小學教科書，或是中學教科書，甚至是高中的講義裡，除了阿倍比羅夫的那段記述以外，再也沒有任何段落出現過津輕的名稱了。就連皇紀[27]五百七十三年派遣四道將軍[28]鎭撫，最北也只到了如今的福島縣一帶，而大約兩百年後的日本武尊[29]平定蝦夷，最北也是只到日高見國。所謂日高見國，大概就是現在的宮城縣北部。再經過約莫五百五十年，推行大化革新[30]，派遣阿倍比羅夫征伐蝦夷之後，才首度出現了津輕這個名稱，接著又是沉寂多時，唯獨相傳在奈良時代修築多賀城（如今的仙台市附近）和秋田城（如今的秋田市）並且平定了蝦夷，卻再也沒提到津輕這個名稱了。到了平安時代，秱上田村麻呂北上遠征，攻破蝦夷根據地，修築膽澤城（如今的岩手縣水澤町附近），設爲鎭所[31]，卻似乎未來到津輕。此後，弘仁[32]年間又有文室綿麻呂的遠征，另於元慶二年曾發生出羽蝦夷的叛亂，由藤原保則前往平定，據說此次叛亂亦有津輕蝦夷加入，但我們並非歷史研究專家，一般提起平定蝦夷之亂，只會聯想到田村麻呂，還有大約又過了兩百五十年後，源平時代初期的「前九年之戰和後三年之戰」[33]。就連這段「前九年之戰和後三年之戰」發生的舞台

26 中大兄皇子（六二六～六七一，在位期間為六六八～六七一），日本第三十八代天皇天智天皇即位前的名字。與中臣鎌足一同發動宮廷政變，消滅蘇我氏之後，以皇太子身分於孝德天皇與齊明天皇兩朝代間協助推行大化革新不遺餘力。

27 日本的一種紀年體，以《日本書紀》中記載的神武天皇即位之年（西元前六六〇年）訂為皇紀元年，第二次世界大戰之後已不常使用。

28 崇神天皇為鎮撫諸國，派遣四位皇族將軍前往北陸、東海、西海、丹波等四地平定，合稱四道將軍。崇神天皇為日本第十代天皇，為考古上可考證之最早一代天皇。

29 日本武尊（生卒年不詳），景行天皇之子，原名小碓尊，相傳魁梧而力大，足智多謀，先奉天皇之命前往九州討伐熊襲民族的川上梟帥，後又東征蝦夷之亂。《古事記》與《日本書紀》均對這位遠古英雄有傳奇性的描寫。

30 大化元年（六四五年）六月，中大兄皇子與中臣鎌足等人發動宮廷政變，誅滅蘇我一族之後，孝德天皇即位並推行政治、經濟改革，史稱大化革新。

31 奈良時代為鎮衛陸奧與出羽之蝦夷族而設置的兵將駐地，之後改稱為鎮守府。

32 八一〇年至八二四年。

33 奧州十二年合戰，前九年是指平安時代後期，源賴義與源義家父子率領關東的武士鎮壓陸奧豪族安倍賴時、安倍貞任、安倍宗任父子，實際上這場戰爭自永承六年至康平五年（一〇五一～一〇六二）前後陸陸續續打了十二年，源氏的勢力亦隨著後三年的戰役奠定其在關東地區的勢力。後三年：平安時代後期，自永保三年至寬治三年（一〇八三～一〇八七），緊接著前九年的戰爭於奧羽地區發生的戰爭，為清原真衡與清原家衡、清原清衡之間的紛爭，清原真衡死後，換成清原家衡和清原清衡對戰。陸奧守源義家在清原清衡的請託之下進攻金澤柵，協助清原清衡取得最後勝利，結束了整場戰爭。

即現今的岩手縣和秋田縣，只提到在此大顯身手的是安倍氏和清原氏等族，也就是所謂熟蝦夷，但關於都加留之類居於內地的純正蝦夷，我國教科書卻絲毫沒有相關動態的記載。之後，藤原氏於平泉之地享有三代共約百餘年的榮華盛景。文治[34]五年，源賴朝平定了奧州，從這段歷史開始，我國教科書的重心不再是東北地區。到了明治維新時期，奧州諸藩的行動只像是起身揮撣衣襬重又坐下而已，根本沒有表現出薩長土[35]三藩那般積極投入的作爲，因此就算被評價爲雖無大過、卻只順勢而行，也無可反駁，到頭來根本沒留下任何豐功偉績可供著寫。我國的教科書在記述神代之事時恭敬謹慎，但自神武天皇以後及至現代，只在阿倍比羅夫的相關段落出現「津輕」這個名稱，難免使人失落。在這麼悠久的歲月裡，津輕到底做過什麼事了？難道只是起身揮撣衣襬重又坐下、再次起身揮撣衣襬重又坐下而已？莫非在這兩千六百年之間[36]足不出戶，只眨著眼睛放空不成？不不不，事實恐怕不是如此。若是讓「津輕」這位當事人親口辯駁，應該是「別瞧我似乎沒啥動靜，其實忙得不可開交呢！」

「所謂奧羽即爲奧州和出羽之合稱，而奧州即是陸奧之簡稱，至於陸奧，則是早前白河與勿來兩處關所以北之地的總稱，望文生義，取爲『道之奧』，簡稱『道奧』。其『道』之國名，當地之古音讀作『陸』，因而成爲『陸』之國。此地位於東海道和東山道[37]之尾，乃位於最深處之異族居住區域，於是被籠統喚作『道之奧』，僅此而已。又，漢字的『陸』，與『道』之字義相通。

「此外，出羽則被解釋爲『出端』之義。古代將本州中部至東北日本海地區籠統稱爲『越之國』。這應當也和位於深處、因而喚作『陸奧』的情形一樣，把長久以來異族居住的化外之地，稱之爲『出端』吧。換言之，此地與面向太平洋那側的陸奧相同，早前亦是長久以來位於王化披澤之外的僻壤，因而以此名示之。」以上出自喜田博士[38]的解說，簡明扼要。舉凡各類解說，自然

34 一一八五年至一一九〇年。
35 薩摩藩、長州藩、土佐藩，合稱「勤皇三藩」。
36 本書寫於一九四四年，換算為皇紀二六〇四年。
37 律令制下的行政區域。東海道從伊勢、志摩開始到常陸的沿海區域，以及甲斐武藏；東山道包括近江、美濃、飛驒、信濃、上野、下野、陸奥、出羽等八國。
38 喜田貞吉（一八七一～一九三九），日本的歷史學家與考古學家，於東京帝國大學研習本國史，後任京都帝國大學教授。

是以簡明扼要爲佳。既然連出羽奧州，都被視爲邊鄙化外之地了，位於最北境的津輕半島，更是被當成熊、猿棲息的深山荒野了。喜田博士再進一步，對奧羽的沿革做了以下的說明：「奧羽雖經源賴朝平定，但統治該地自不能與他處一概而論。依據『出羽陸奧是爲夷地』爲由，中止了實施不久的田制改革，甚至不得不下令一切皆依藤原秀衡[39]和藤原泰衡[40]的舊規行事。因此，在諸如最北端的津輕之地，居民仍保留許多蝦夷族的舊習。其後覺察僅派鎌倉武士委實難以統治，方任命土豪[41]安東氏爲代官，作爲蝦夷管領[42]實施鎮撫。」而從安東氏治理的時期以後，津輕的沿革就較爲清楚了，此前提到的只有愛奴族出沒的記載。然而，千萬不可小覷這個愛奴族。愛奴族是日本先住民族的一支，與如今仍然留在北海道的極少數愛奴人，似乎有本質上的差異。由其遺物和遺跡判斷，可以說較之世界上所有石器時代的土器更爲優越，甚至有過之而無不及；而現今北海道愛奴族的祖先，自古就住在北海道，極少接觸本州文化，加上土地隔絕、缺乏自然資源，因而在石器時代，也未能如同奧羽之地的同族那般進步，尤其到了近代，受松前藩[43]統治以來，屢屢遭受內地人的壓迫，氣勢全消，沒落到了極點。相反地，奧羽的愛奴族卻蓬勃地發展出獨特的文化，一部分族民移居內地諸國，而內地人亦大舉開拓奧羽之地，逐漸消融爲與其他地方幾無區別的大和民族。對此，理學博士小川琢治[44]先生曾做過以下的推論：「根據《續日本紀》[45]記載，奈良朝前後曾有肅慎人[46]及渤海[47]人遠渡日本海

---

39 藤原秀衡（一一二二？～一一八七），日本平安時代末期的武將，藤原基衡之長子，奧州藤原氏之第三代當家主，歷任鎮守府將軍、陸奧守。

40 藤原泰衡（一一五五或一一六五～一一八九），日本平安時代末期、鎌倉時代初期的武將，藤原秀衡之長子，奧州藤原氏之第四代、亦是末代當家主。

41 津輕地區的豪族。源賴朝平定奧州後，任命安東氏為津輕代官，亦即地方官。

42 鎌倉幕府的官銜，又稱蝦夷代官，由安東氏世襲，管轄奧州及北海道渡島的蝦夷族，負責防衛邊境、徵收貢稅。

43 日本江戶時代位於津輕郡（位於現今北海道的南端）的藩國，在幕府認可下統治蝦夷地。

44 小川琢治（一八七〇～一九四一），日本地質與地理學家，京都帝國大學教授，原子物理學家湯川秀樹之父。

45 日本平安時代初期編纂的官方史書，為正史「六國史」繼《日本書紀》之第二冊，共四十卷，以編年體記載自文武天皇元年至桓武天皇延曆十年（六九七～七九一）計九十五年間的史事，於延曆十六年（七九七年）完成並上奏天皇。

46 中國古代的北方民族，於古書中記載為夷狄的一支，推測為住在黑龍江、松花江流域一代的通古斯民族。

47 存於七世紀末至十世紀初（六九八～九二六）間的國家，領土範圍從中國東北地區的東南部至朝鮮半島北部。

來到日本。其中值得一提的是，聖武天皇[48]天平十八年[49]及光仁天皇[50]寶龜二年[51]，先後有渤海人千餘名與三百多名，分別來到如今的秋田。依據這段史實，不難想像日本與滿洲的往來相當自由。秋田附近曾經挖掘出五銖錢[52]，而東北地區也有祭祀漢文帝和漢武帝的神社，在在皆可推測當地與大陸有過直接的交流。在《今昔物語集》[53]中，也記載了安倍賴時[54]渡海前往滿洲時的見聞。倘若將這些考古學及民俗學資料整合分析，即可得知那絕不是一段大可置之不理的神話傳說。我們更可進而確信，當時東北番族在皇化東漸以前，藉由與大陸直接交流而獲得的文化程度並不低等，這與昔時由中央政府保存的史料殘篇所推定的結論不同。儘管當年田村麻呂、源賴義、源義家等武將欲降服[55]此地頗爲困難，然其敵手並不狡詐，相較於精悍的台灣生番[56]，問題應不棘手。」

此外，小川博士還附加說明：大和朝廷的高官們之所以經常自稱蝦夷[57]、東人[58]、毛人等，原因之一是想效仿奧羽當地人的勇猛，或者是感染了那股時髦的異國風情，這種推論也挺有意思的。如此看來，津輕人的祖先絕非只待在本州的北端成天晃悠，無所事事，但不曉得什麼原因，津輕的概貌在正史記載中，卻完全沒有呈現出來，僅僅在前述安東氏的相關紀錄中驚鴻一瞥。依據喜田博士的分析：「安東氏自稱安倍貞任[59]之子安倍高星[60]的後人，並稱其遠祖

---

48 聖武天皇（七〇一～七五六，在位期間七二四～七四九），日本第四十五代天皇，在世時曾兩度詔派遣唐使，援用諸多唐朝文物與制度，並無各地創建國分寺與國分尼寺，於發心鑄造東大寺大佛一事招致民怨。

49 西元七四六年，皇紀一四〇六年。

50 光仁天皇（七〇九～七八一，在位期間七七〇～七八一），日本第四十九代天皇，即位前名為白壁王，於寶龜元年由藤原永手及藤原百川擁立即位，貶謫上一代稱德天皇寵愛的道鏡法師，召回和氣清麻呂推行改革。

51 西元七七一年，皇紀一四三一年。

52 中國古代銅幣之一，重量五銖，漢武帝於西元前一一八年開始鑄造，流通至隋代。

53 日本平安時代末期的民間故事集，全書共有三十一卷，收錄約一千多則故事，其中第八、十八、二十一卷已佚失，分為天竺（印度）、震旦（中國）和本朝（日本）三部分。

54 （？～一〇五七）日本平安時代後期陸奧國的豪族武士，擔任奧六郡之郡司，因不服從中央指示，發動前九年戰役，遭到源義家殲滅。

55 服為服事天子之意。古代王畿外圍，以五百里為一區劃，由近而遠分為甸服、侯服、綏服、要服、荒服，合稱五服。

56 居於邊鄙之地、不服中央教化的野蠻住民。

57 漢字同樣寫作「蝦夷」，但此處為古代發音「emishi」，與近代發音「ezo」不同。

58 東國之人，意指鄉下人。

59 安倍貞任（一〇一九～一〇六二），日本平安時代後期武將，與父親安倍賴時不服朝廷而叛變，遭到源賴義與源義家討伐，於廚川柵戰敗而亡。

60 安倍貞任之子，相傳為藤崎安東氏之遠祖。

爲長髓彥[61]之兄安日[62]。長髓彥違抗神武天皇遭到誅滅，其兄安日則被流放至奧州外濱，其子孫即爲安倍氏。無論如何，可以肯定其爲早於鎌倉時代之前的北奧的大豪族。在津輕本地，口三郡爲鎌倉役[63]、奧三郡爲天皇御領，此地相傳爲天下御賬未載之無役[64]之地，意指縱如鎌倉幕府之權威，亦不及於該處，便委由安東氏自治，形成所謂守護不入[65]之地。

「鎌倉時代末期，安東氏一族於津輕之地發生內訌，繼而演變爲蝦夷騷亂，及至幕府執權北条高時[66]遣將鎮撫，然鎌倉武士未能勝之，最終行和談之儀，班師回朝。」

如此看來，即是身爲專家學者的喜田博士，在闡述津輕歷史時用的措辭也不大有自信，簡直像是完全不清楚津輕的歷史。唯獨有一點，這個北境之國與他國交戰從未嘗過敗績，這個紀錄應該是真的。津輕根本不知臣服爲何物，別國武將也對此感到愕然，只得佯裝視而不見，任其爲所欲爲。這與昭和文壇中的某一位人士十分神似。好了，閒話休提。由於其他諸侯國都拒不往來，於是起了鬩牆之禍。由安東氏一族內訌引發的津輕蝦夷暴動，即爲實例之一。據津輕人竹內運平的《青森縣通史》所述：「此安東一族之暴亂，漸次發展成關八州[67]之亂。《北条九代記》[68]中有云『是爲天地革命危機之初』，未幾，即發展而爲元弘之亂[69]，乃至於建武中興[70]。」或許這應當視爲成就大業的遠因之

---

61 大和國鳥見的土豪。根據日本神話故事的記述，神武天皇東征時遭其奮力抵抗，僵持不下之際忽然飛來一隻金色的老鷹停在神武天皇的弓上，其耀眼的光芒使得長髓彥頓時目眩而無法作戰。

62 藤崎安東氏的遠祖。

63 需繳納稅賦給鎌倉幕府之地區。

64 不需繳納稅賦。

65 守護使不得擅入之地。由幕府劃定特定區域禁止守護使（地方官）入徵收賦稅與逮捕罪犯，例如寺院神社、權貴莊園。亦即免除諸役，不可侵犯之地。

66 北条高時（一三〇三～一三三三），日本鎌倉幕府第十四代執權，在位期間動亂迭起，先後有正中之亂、元弘之亂，並於元弘之亂遭到新田義貞大敗而自殺身亡。

67 日本江戶時代關東八國的合稱，包括武藏、相模、上野、下野、上總、下總、安房、常陸。

68 日本鎌倉幕府時代後期的史書，共兩卷，作者不詳，於正慶二年前後成書，以編年體記述自壽永二年至正慶元年間的鎌倉幕府相關記事。

69 發生於日本鎌倉幕府時代後期、緊接於正中之亂後，由後醍醐天皇主導的推翻鎌倉幕府的政變。元弘元年（一三三一年）政變失敗，後醍醐天皇被流放到隱岐，楠木正成等反對幕府的勢力於各地蜂擁而起，終於在元弘三年（一三三三年）推翻了鎌倉幕府。

70 元弘三年（一三三三年），後醍醐天皇推翻了鎌倉幕府，復歸京都，翌年改年號為建武，由天皇親政，掌理政事。建武二年十月，足利尊氏反叛，中興政府瓦解，揭開了南北朝的序幕。

一。果若津輕安東氏一族的內訌，多多少少撼動了中央政局，那麼這起事件堪稱津輕史上值得大書特書的光榮紀錄！如今青森縣靠太平洋一側，古時候是被稱爲糠部的蝦夷之地，到了鎌倉時代以後，屬於甲州武田氏一族的南部氏移居此地，勢力頗爲強大，中間歷經吉野朝[71]之室町時代，乃至於豐臣秀吉統一全國，津輕對外一直與該南部氏紛爭不休，至於對內，則由津輕氏取代安東氏奪下了統治權，終於平定了津輕一國。從此，津輕氏傳承了十二代，直到明治維新的時候，藩主津輕承昭恭敬地奉還了藩籍。以上就是津輕歷史的大略。不過，關於津輕氏遠祖的身分，仍是眾說紛紜，喜田博士也曾提到這個問題：「關於津輕，據說在安東氏沒落之後，津輕氏宣告獨立，由於境界與南部氏接壤而長久以來相互敵視。津輕氏自稱近衛關白尚通之後裔，但另一方面又說是南部氏的分支，抑或是藤原基衡次子藤原秀榮之後，也有傳聞爲安東氏之一族。諸說紛紜，莫衷一是。」此外，竹內運平就這點亦有如下的論述：「南部家族與津輕家族於江户時代始終有著明顯的情感隔閡。究其原因，據傳乃因南部氏認定津輕家爲祖先之敵，並侵占其舊有領地；此外，津輕家本屬南部氏族，亦即身爲被官[72]卻背叛其主。另一方面，津輕家主張自己的遠祖爲藤原氏，並於中世紀融入了近衛家的血統，這亦是爭端的起源之一。當然，事實是南部高信遭到津輕爲信殲滅，致使津輕郡內的南部氏諸城被掠奪，再加上津輕爲信上溯數代祖先大浦光信之母爲南部久慈備前守之女，並於其後數代自稱出身南部信濃守之門第，也難怪加深了把南部氏之津輕家視爲背叛同族者的怨念。此外，津輕家雖企盼其遠祖爲藤原氏及近衛家，但現今的史料判斷，其主張未必具有足令吾等認同的決定性證據，甚至連辯稱非出於南部氏的立場，其論旨也顯得相當薄弱。古老的史料如《高屋家記》，對津輕的記載都是寫成身爲南部家支系之大浦氏，而在《木立日記》中也提到『南部氏與津輕氏爲一體也』，近來出版的《讀史備要》等，亦把津輕爲信視爲久慈氏（即南部氏

71 日本的南北朝時代（一三三六～一三九二），屬於室町時代（一三三六～一五七三）的初期，朝廷分裂為以大和國吉野行宮為首都的南朝，還有以山城國平安京為首都的北朝，雙方各自主張其正統性，後世學者主張以南朝為正統的，則稱此時期為「吉野朝時代」。

72 日本律令制度下，從屬於上級官廳的下屬官廳，或是下屬官廳的官吏。

族），迄今尚未發現足以否定前提論述的確切資料。然而，津輕過去確實曾具有南部氏的血統，並且也曾是被官，不過，在血統以外的其他方面，實在無法斷定絕沒有任何淵源。」從上所述，可以看出喜田博士同樣避免下定論。在這些文獻中，唯獨《日本百科大辭典》給了開門見山、簡明直接的定義，所以我將它列在本章的開頭，當作參考資料。

以上絮絮叨叨說了一通，但回過頭來想想，若站在日本全國的角度來看，津輕還眞是個渺小的地方。芭蕉俳聖在俳句集《奧州小徑》[73]於出發時寫下了這樣的句子：「前途三千里，忐忑肆胸臆」，可他的旅程最北只到平泉，也就是今天的岩手縣南端罷了。若想到達青森縣，必須再步行兩倍的距離。不單如此，津輕其實只是青森縣靠日本海這邊的一個半島而已。以前的津輕，是以沿著全長五十公里的岩木川所沖刷而出的津輕平原爲中心，東至青森、淺蟲一帶，西至日本海岸南下頂多到深浦附近，而南邊差不多到弘前吧。分家的黑石藩雖地處南邊，卻有其獨特的傳統，已經形成不同於津輕藩的文化風氣，所以此地不應混爲一談。再說到最北端的龍飛。此處的狹小逼仄，直教人膽寒，莫怪正史裡根本沒把這裡看在眼裡。我就投宿在這個「道之奧」最深處的極地，過了一夜。第二天，仍然沒有開船的跡象，只得沿著前一天的來時路走回了三廄，在三廄吃過午飯，再搭上巴士直接回到位於蟹田的N君家。實際走過一遭，發現津輕其實不如想像中那麼小。兩天之後，我搭乘中午的定期輪班離開了蟹田，在下午三點到達青森港，再換搭奧羽線火車前往川部，於川部改坐五能線火車，五點前後到達了五所川原，立刻換乘班次沿著津輕鐵道穿過津輕平原北上。等我終於到達出生地金木町的時候，暮色已輕輕披籠下來了。實際上，蟹田與金木相隔的距離，只是四角形的其中一邊而已，麻煩在於其間有梵珠山脈的阻擋，且山裡根本沒有像樣的路可走，我只得沿著四角形的其他三邊繞了個大圈子，這才總算到家了。一回到金木町的老家，我首先進了佛堂[74]，

73 日文原名『奧の細道』，日本江戶時代俳諧遊記，松尾芭蕉之代表作，記敘其自元祿二年（一六八九年）三月至九月間遊歷東北與北陸地區的旅行記事，於元祿七年出版。

74 設有日式佛龕的房間。日式佛龕外觀為木雕小閣，日本一般家庭多半用以奉祀祖先牌位，與中國安放佛像的用途不盡相同。

大嫂隨後過來，把佛堂的隔扇全都敞開。我望著佛龕上父母的相片良久，恭恭敬敬地伏身行禮。然後，我才退到稱爲「常居」的裡屋起居室，向大嫂正式請安。

「什麼時候從東京出發的？」大嫂問道。

我在離開東京的幾天前，曾給大嫂寄了一張明信片，告訴她我這次想遊歷津輕，會順道回金木町爲父母上墳，屆時有請關照。

「大概一個星期前。我在東海岸耽擱了幾天，給蟹田的N君添了不少麻煩。」

大嫂應該也認識N君。

「是哦？這邊明信片已經到了，人卻遲遲沒到，也不懂是怎麼回事，家裡擔心得很。陽子和小光盼了好幾天，每天還輪班去車站等著接你呢！等到最後，其中一個氣得罵人了，說就算來了也不睬你了。」

陽子是我大哥的長女，約莫半年前嫁去弘前附近一個地主家，聽說不時和新郎跑回金木町的老家玩，這次也是兩人一起回來的。小光則是我們大姊的小女兒，是個乖巧女孩，還沒出嫁，常來金木町老家這邊幫忙。大嫂才說完，這兩個姪女和外甥女就手勾著手，結件走出來，嘿嘿嘿地笑得頑皮又逗趣，向我這個沒個樣子的酒鬼叔叔兼舅舅問好。陽子的樣子還像個大學生，看不出已經嫁爲人妻了。

「這身衣服好怪喔！」她們一看到我的穿著，馬上笑了。

「傻瓜！東京正流行呢！」

我那高壽八十八的外祖母，也挽著大嫂的手出來了。

「你回來了！好好好，終於回來了啊！」她的聲音十分宏亮，老當益壯，但看起來還是衰老了些。

「晚飯……」大嫂問我，「你想在一樓這邊吃嗎？其他人都在二樓就是了。」

大哥和二哥陪著陽子的夫婿，已經在二樓喝起來了。

我有些猶豫，不曉得面對兩位哥哥時該如何拿捏分寸。兄弟禮儀的親疏程度該怎麼衡量？談話只能點到爲止，還是可以暢所欲言？

「如果不會添大嫂的麻煩，就到二樓吧！」我心想，如果自己一個在這裡喝啤酒，好像故作清高，太不合群了。

「想在哪邊都無所謂呀！」大嫂笑著說，順道吩咐小光她們，「那就把飯菜送上二樓吧！」

我沒脫下夾克外套，直接上了二樓。哥哥他們在裝了金色隔扇的最高級傳統客廳裡靜靜地喝酒。我慌忙進去，先向姪女婿打招呼：「我是修治，幸會。」再向大哥和二哥爲久疏問安致歉。大哥和二哥都只輕輕點頭，喔的一聲算是回應。這是我家的一貫作風，不對，或許該說是津輕的作風吧，我已經習慣了，不會把這事擱在心上，逕自吃起飯來，默默地喝了小光和大嫂爲我斟上的酒。姪女婿倚著壁龕的杜子[75]而坐，面色已是紅通通的了。哥哥們從前的酒量都很強，近來卻明顯地變小了，十分紳士地互相讓酒：「來，再喝一杯吧！」「不，我不行了，還是您多喝一點吧！」前兩天才剛在外濱恣意狂飲的我，頓時覺得自己彷彿到了龍宮還是桃花源似的，對哥哥們和我截然不同的生活方式相當錯愕，愈發感到緊張了。

「螃蟹要什麼時候吃？等一下嗎？」大嫂小聲問了我。我帶了一些蟹田的螃蟹特產回來。

「呃……」我有些猶豫。螃蟹畢竟是鄉下土產，恐怕會把上流的宴席弄得粗俗。也許大嫂的考量和我一樣。

「螃蟹？」耳尖的大哥聽到了大嫂和我的交談，「沒關係啊，端上來！餐巾也一塊拿來。」

今晚可能是因爲有自家女婿在場，大哥顯得特別高興。

螃蟹上桌了。

「你也來嚐嚐吧！」大哥向自家女婿招呼道，並且率先剝開了蟹殼。

我總算鬆了一口氣。

「恕我冒昧，請問您是哪位呢？」這位姪女婿露出純眞的笑容，朝我問道。

75 背靠壁龕而坐的位置為該房間的上座。

我先是心頭一凜，旋即想到也難怪他不認識我。

「喔、呃，我是英治[76]（二哥的名字）的弟弟。」我笑著回答，隨即暗自沮喪，卑屈地心想自己或許不該提起二哥的名字，不由得拿眼探看二哥的神情，只見二哥一副事不關己的模樣，我愈發感到無所依從。哎，算了，不管啦！我乾脆看開了，由正身跪坐改爲舒適的盤腿，讓小光爲我滿了啤酒杯。

待在金木町老家的那段時間，讓我倍感精疲力竭；況且我事後還把當時的情景寫在這裡，這作法更是不妥。我只能靠著書寫親屬的事，然後把稿子賣掉換錢，才能夠生存下去。背負這種業障的男人，神明必將施予處罰，讓他無鄉可歸。說到底，我大概只配窩在東京的破陋屋裡打盹，在夢中神遊並思念我的故鄉，至死方休吧。

隔天下雨了。我起床後去二樓大哥的客廳探瞧，見到大哥正在給自家女婿看畫。那裡有兩座金箔屛風，一座畫的是山櫻，另一座畫的是田園山水之類的閒雅風景。我看了落款，卻不知道該怎麼讀。

「是誰畫的？」我紅著臉，小心翼翼地問道。

「穗庵[77]。」大哥答道。

「穗庵？」我還是不曉得是誰。

「你沒聽過嗎？」大哥並沒有數落我，和藹地解釋，「就是百穗[78]的父親。」

「是哦？」我雖然聽聞百穗的父親也是一位畫家，但不曉得就是穗庵，而且畫工竟然如此高超。我不討厭欣賞畫作，不但不討厭，還自詡眼力極佳，卻連穗庵都認不出來，簡直無地自容。倘若我一開始朝屏風看一眼，氣定神閒地隨口說句：「哦，是穗庵？」或許大哥會對我另眼相看，可我偏偏愣頭呆腦地問：「是誰畫的？」實在太丟人了。我犯了一個無可挽回的錯誤，坐立難安，但大哥的心思並不在我身上，只顧轉頭向自家女婿低聲說道：

76 太宰治的二哥津島英治。

77 平福穗庵（一八四四～一八九〇），日本畫家，生於秋田縣。

78 平福百穗（一八七七～一九三三），日本畫家，生於秋田縣，畫家平福穗庵的四男。於東京美術學校畢業後組成無聲會，在畫壇致力推展自然主義潮流，報紙插畫作品廣受好評，晚年的寫實畫作具有南畫風格。此外，其亦為阿羅羅木派的歌人。

「秋田有些了不起的人。」

「津輕的綾足[79]畫得還行嗎？」一方面爲了扳回一城，再者也爲了說些應酬話，我突然多嘴地冒出了這一句。提到津輕的畫家，立刻聯想到的大概就屬綾足了。老實說，我是上次回金木町時，大哥讓我看過綾足的畫作，我才曉得原來津輕也有如此出色的畫家。

「那是另一回事。」大哥咕噥的語氣宛如完全不想搭理我，逕自往椅子落了坐。我們本來都站著看屏風上的畫，由於大哥坐下了，姪女婿便也在他對面的椅子坐了下來，我則坐到稍遠處那張擺在門邊的沙發上。

「這個人呢，唔，算是正統的吧。」大哥依舊對著自家女婿講話。他從前就不大直接對我說話。

聽大哥這麼一說，我也覺得綾足畫作中那種濃厚感若是失了分寸，只怕就要流於俗套了。

「這該說是文化傳統吧。」駝著腰的大哥注視自家女婿說道，「我想，秋田畢竟有深厚的根基。」

「津輕，還是不成氣候哪……」不管我說什麼仍是自討沒趣，乾脆放棄搜索枯腸，擠出笑容自言自語。

「聽說，你這次要寫津輕的事？」大哥突然轉向我問道。

「是啊，不過，我對津輕一無所知」，我一時不知所云，「有沒有什麼值得參考的書呢？」

「這個嘛……」大哥笑了，「我對鄉土歷史也沒什麼興趣。」

「有沒有比方《津輕名勝導覽》那種大眾化的入門書呢？因爲我眞的什麼都不曉得。」

「沒沒沒，沒那種東西！」大哥受不了我的馬虎行事，直搖頭苦笑，起身告訴自家女婿：「那麼，我先去一趟農會[80]，擺在那邊的書你隨意翻看。今天

79 建部綾足（一七一九～一七七四），日本江戶時代中期的國學家、讀本作者、俳人、畫家。生於江戶，於青森弘前長大，二十四歲時離開家鄉輾轉諸國，師事賀茂真淵，活躍於各領域。

80 根據一八九九年公布的《農會法》，為達改良與發展農業之目的而成立之地主與農民團體，分為市町村農會、道府縣農會、帝國農會等層級，於一九四三年改制為農業會。

天氣實在不好。」說完就出門了。

「農會那邊現在也很忙嗎？」我問了姪女婿。

「對，現在剛好是決定稻米出售配額的時候，忙得不可開交。」姪女婿雖然年輕，畢竟生在地主之家，對這方面的情況非常熟悉。他還舉了很多詳盡的數字向我說明，可我連一半都聽不懂。

「像我這種人，以往從不曾認眞想過稻米的事，可到了這樣的時代，當我從火車窗口看到水田的時候，不由得當它是切身相關的事，憂喜參半地望著稻田呢。今年的氣溫遲遲沒有回升，插秧大概也比往年遲吧？」我照例向專家賣弄一知半解的知識。

「不礙事的。近年來即使天氣冷，也已經有對策了。秧苗的生長也還算正常。」

「這樣嗎？」我頗爲贊同地點點頭，「我知道的，只有昨天從火車上看到津輕平原的印象而已。那叫馬耕嗎？就是讓馬拉犁翻土的粗重活，現在好像很多田地都改用牛來做了吧？記得我們小時候，不光是耕田用馬，就連拉板車也全都是用馬，幾乎沒見過用牛的。我頭一回到東京時，看到牛拉板車還覺得奇怪哩！」

「想必那時一定很驚訝吧。現在馬的數量大幅減少，大都被徵去打仗了。還有，可能與養牛比較不費事也有關係。不過，從幹活的效率來看，牛卻只有馬的一半，……不對，說不定差多了喔。」

「說到打仗，你已經……？」

「我嗎？我已經接過兩次徵兵單，可兩次都半途就遣返了，實在太丟人了。」年輕的姪女婿那健康又爽朗的笑容看了眞舒服。「我希望下次千萬別再被遣返了。」他語氣自然地隨口回答。

「本地有沒有那種深藏不露、讓人由衷佩服的大人物呢？」

「有嗎？我不大清楚。不過，有些人非常熱衷研究農事，說不定眞能從中找到喔。」

「應該是吧！」我深有同感，「像我這種人也一樣不懂得講理論，只是悶著頭一心一意熱愛文學，可也難免有點無聊的虛榮，結果擺脫不了賣弄。話說回來，那些熱衷研究農事的人，如果被貼上了專家的標籤，會不會從此忘乎所以了呢？」

「對，就是這樣！報社只管炒作新聞，還把人家拉出去做演講什麼的，把一個好端端熱衷研究的農夫弄成了四不像。一旦出了名，那人就算是完蛋了。」

「你說得一點不錯！」我再度深有同感，「男人眞可悲，就是抵擋不了名氣的誘惑。說到底，新聞報導這種東西其實是美國資本家發明的，只是湊合著用的而已。那根本是毒藥嘛！因爲人一旦出了名，多半就失去鬥志了。」我借題發揮，一吐自身長久以來的鬱挹。說眞格的，我雖滿肚子牢騷，其實還是暗自期待能夠闖出一番名號。關於這點，還眞的時刻提醒自己別走岔了路子。

午後，我撐著傘，一個人來到雨中的庭院散步。放眼望去，一草一木依然如昔，我感受到大哥維持古宅樣貌的勞力與費心。來到池畔駐足，忽地傳來輕輕的一聲噗通，我定睛一瞧，原來是青蛙跳進池裡了。這庸俗的聲響還眞無趣。然而下一瞬間，我豁然懂了芭蕉俳聖那首以古池爲題的知名俳句。此前我始終不知道那首俳句究竟好在什麼地方，於是我斷定出名沒好貨，直到這一刻我才明白，問題其實出在我受的教育上。請看看我們老師是怎麼解釋這首俳句的——在闃靜無聲的白天，陰暗處有一塘古色蒼然的水池，一隻青蛙碰的一聲（哎，又不是跳進大河了）跳了進去，……啊，餘音嫋嫋，一鳥啼而山愈靜。瞧，這是多麼故作高深而平庸的劣文啊！教人看得作嘔，渾身打顫。長久以來，我總對這首俗不可耐的俳句敬而遠之。可就在上一秒，我乍然改變了看法。都怪老師以前講解時用了碰的一聲來形容，才給了我錯誤的印象，一點都沒有韻味，就像踩水的聲音一樣，可以說就是發生在世上某個角落的一道索然無味的聲音罷了。然而，芭蕉俳聖在聽到了那一記水聲後，深深扣入了他的心弦。「幽然古池寂，忽聞蛙躍蕩水鏡，餘音尚飄空」。現在想來，這首俳句還算是不錯……，不，豈止不錯，根本是絕妙俳句！這首俳句，把當時檀林派[81]千篇一律的陰柔矯作一腳踢開，另創一種打破慣例的構思。句中既沒有風花雪

---

81 於松尾芭蕉成為主流之前的俳風，詼諧而幽默，首位倡導者為西山宗因。

月，也沒有雍容爾雅，只有清貧和樂貧而已。我能夠由衷體悟到當時的風流宗匠們看到這首俳句時，是多麼地錯愕。因爲它破壞了對風流的既定觀念，相當於對俳壇翻天覆地的大革新！我這個優秀的藝術家對此頻頻稱是，暗自興奮激動，當天夜晚還在旅行手札裡記下這樣的心情：

「棣棠花金燦，忽聞蛙躍蕩水鏡，餘音尙飄空[82]。——寶井其角[83]寫的這是啥玩意，根本不懂俳句的悠遠韻味嘛！倒不如這一首：來和我玩吧[84]，沒爹沒娘眞孤單，一隻小麻雀。這氣氛還近一點。不過，太直白了，感覺不對勁。還是幽然古池寂來得好，絕世妙句！」

翌日天氣晴好，我和姪女陽子、姪女婿，以及背著一行人飯盒的家僕阿亞，一共四個人結伴到距離金木町東邊四公里遠的小山踏青。那座平緩的小山名爲高流，不到兩百公尺高。順帶一提，阿亞並不是女子的名字，而是老僕的意思，也被用於稱呼父親。與「阿亞」相對的Femme[85]就是「阿葩」，也有人說「阿芭」。我不曉得這些稱呼的起源，有可能是阿爺、阿婆的諧音，只是瞎猜，作不得準的。關於稱呼的來由，我想應該有很多種解釋。又比方「高流」這個山名，依照姪女的說明，正確名稱應該是「高長根」[86]，因爲山坡緩緩地展開，就像是長長的樹根一樣，不過這大概也有不同的說法吧。諸家百說，不一而足，正是鄉土學的趣味之處。姪女和阿亞還得準備飯盒，耽擱了一些時間，我和姪女婿兩人先出發了。天氣眞好，五、六月份是到津輕出遊最佳的時節。就連那部《東遊記》裡也是這樣寫的：「自古以來，遊歷北方之人盡皆擇於夏季，草木濃綠，轉爲南風，海象平和，不若傳聞可怖。余至北地，乃九月至三月，途中不曾遇逢旅人。余行旅乃爲醫術修行，另當別論。唯欲探訪名勝者，務於四月以後前去。」這位旅遊專家的忠告，各位讀者請務必相信，

82 根據各務支考的《葛之松原》記載，最初只有「忽聞蛙躍蕩水鏡，餘音尚飄空」而已，寶井其角原想將前五字吟作「棣棠花金燦」，但松尾芭蕉吟為「幽然古池寂」。

83 寶井其角（一六六一～一七〇七），日本江戶時代前期的俳人，初期以母系姓氏自稱榎本，其後改稱寶井，為松尾芭蕉門下弟子，蕉門十哲之第一門徒，與松尾芭蕉一同確立並推廣蕉式俳風，及至松尾芭蕉死後，以輕妙而瀟灑的俳諧開設江戶座，成為江戶俳諧的領導主流。

84 語出江戶時代知名俳諧師小林一茶（一七六三～一八二八）的俳句。

85 法文的「女性」。

86 這兩個名稱的日語發音相近，「高流」讀作「takanagare」，「高長根」讀作「takanagane」。

並且牢記在心。這個季節的津輕，有梅花、桃花、櫻花、蘋果花、梨花、李子花，競相綻放。我滿懷自信地先一步來到了城鎮外，卻不知道該怎麼走到高流山。我只在小學時候去過兩三次，忘了也不足為怪，可這一帶卻和我兒時記憶裡的景象截然不同，我頓時感到困惑。

「這附近蓋了火車站什麼的，看起來都不一樣了，我實在不知道該怎麼去高流山了。大概是那座山吧？」我伸手指著前方呈八字形隆起的淡綠色丘陵，笑著向姪女婿建議道，「不如我們先在這裡逛一下，等阿亞他們過來吧。」

「就等等他們吧。」姪女婿也笑著說，「我聽說這附近有一座青森縣的研修農場。」他知道的比我多。

「是嗎？我們去找找看吧！」

研修農場就在這條路右方五、六十公尺處的小山丘上，據說是為了培養農村中堅人員和訓練拓士[87]而設立的。在這本州北端的原野上建蓋如此壯觀的設施，似乎有些奢侈了。秩父親王[88]曾在弘前的第八師團奉職，特別垂青這處農場，因而將講堂蓋成了這種小地方罕見的莊嚴建築。此外還有工場、家畜飼養棚舍、堆肥處、宿舍等設施，在在聽得我瞠目結舌。

「眞的啊？我完全不知道這件事！原來金木町還挺先進的嘛！」我一邊說著，心裡高興得不得了。畢竟是自己生長的故鄉，總忍不住默默地大力支持。

農場大門口豎著一座大石碑，上面恭恭敬敬地刻上多位親王到訪的榮耀：「昭和十年[89]八月，朝香親王[90]殿下駕臨。同年九月，高松親王[91]殿下駕臨。同年十月，秩父親王殿下與秩父親王妃殿下駕臨。昭和十三年[92]八月，秩父親王殿下再次駕臨。」這座農場應當足以成爲金木町的居民們最自豪的寶地了！

87 前往中國東北滿洲移民開墾之人。

88 秩父親王（一九〇二～一九五三），日本昭和天皇之弟，大正天皇之第二皇子雍仁親王，於一九二二年創立秩父宮家。陸軍大學畢業，官拜少將，於一九四〇年結核病發病後離開軍隊療養。酷愛運動，亦擔任日本田徑聯盟、日本橄欖球協會等總裁。

89 一九三五年。

90 朝香親王（一八八七～一九八一），日本久邇宮朝彥親王（伏見宮邦家親王之第四子）第八皇子鳩彥王於一九〇六年創設的宮家，於一九四七年廢止宮號。

91 高松親王（一九〇五～一九八七），日本大正天皇第三皇子光宮宣仁親王於一九一三年賜號。曾任日法協會、日義協會、日本丹麥協會等總裁。

92 一九三八年。

而且不單是金木町，這已經是津輕平原永遠的驕傲了！放眼望去，那裡是叫作實習區的地方吧。只見由津輕各村落中選拔出來的模範農村青年們開墾的水田、旱田和果園，就在那些建築物的後方背後呈現出一幅無比美麗的景致。姪女婿到處走動，仔細地觀察著耕地。

「實在了不起哩！」他嘆了一聲，分外感佩。姪女婿是地主，想必比我看出了更多門道。

「哇！是富士山！好極了！」我大聲歡呼。我說的並不是眞正的富士山，而是被稱爲津輕富士的岩木山，標高一千六百二十五公尺，就這麼若隱若現地飄在滿眼水田最遠處的上方。這不單是一種比喻，而是眞的看起來輕飄飄的。整座山青翠欲滴，比眞正的富士山更爲柔美，彷彿一枚倒放的銀杏葉，將十二層禮服的衣襬[93]柔柔地披展開來，左右對稱，嫻靜地映著藍天。儘管山勢絕稱不上高，卻宛如一位晶瑩剔透的嬋娟美人。

「看來，金木町也挺不錯的嘛。」我有些慌亂地說道，「眞的不錯喔！」我噘著嘴再強調了一次。

「眞的很好呀！」姪女婿泰然自若地說道。

這趟旅行中，我曾數次由不同的角度眺望過這座津輕富士。在弘前看的時候，岩木山顯得很有威嚴，讓我覺得岩木山不愧是屬於弘前的；從津輕平原上的金木、五所川原及木造一帶遠望的岩木山，那端莊而纖細的身影令我難忘；由西海岸望見的山容卻根本不行，完全走了樣，瞧不出一絲美女的倩影。本地有一則傳說：但凡能夠望見岩木山麗影的地方，不但稻米豐收，而且還美女如雲。且不說稻米是否豐收，北津輕這地方雖然可看到美麗的岩木山，至於美女嘛，請容我語帶保留。這或許只是我個人粗淺的觀察而已。

「阿亞他們怎麼還沒來呢？」我突然有些擔心起來。「他們該不會是急忙趕到前面去了吧？」

我們被研修農場的設施和風景給迷住了，居然把阿亞他們要來會合的事忘

93 日本平安時代貴族女性的朝服，依身分季節由五至十二件和服配搭組成。在中衣外面一件件套上和服，愈外層的袖長愈短，可看到疊穿的多層袖口。

得一乾二淨，連忙回到原路四處找人，阿亞卻忽然從荒野小徑裡冒出頭來，笑著說他們方才分頭去找我們了。阿亞留在原野這裡到處搜尋，姪女則一路直奔高流山那邊追人去了。

「陽子大概已經跑得很遠了，眞對不起她。陽子啊——！」我向前方大聲呼喊，卻沒有聽到任何回應。

「咱們走吧！」阿亞把背包往上挪了挪，「反正就這一條路而已。」

雲雀在空中歡快地鳴囀。上一次像這樣漫步在故鄉春日的山間小路上，已是二十年前的事了。綠草如茵，低矮的灌木叢和小池塘零星分布，地面坡度平緩。這要換做是十年前，城市人必定會大讚這裡是絕佳的高爾夫球場。不僅如此，瞧，這片原野也開始慢慢有人開墾，民房屋頂閃閃發亮。阿亞一一告訴我，那一邊是重建的村落，另一邊是鄰村的分村云云。我一邊聽，由衷感受到金木町總算開始發展，繁榮起來了。我們即將走到上山的坡口，仍是不見姪女的身影。

「陽子到底上哪去了？」我遺傳到母親愛操心的脾性。

「呃……，應該找得到人吧！」新郎雖然有些難爲情，還是表現出鎮定。

「不管怎麼樣，先打聽看看吧！」我摘下人造羊毛短纖的帽子，向路旁田裡幹活的農人施了一禮，問道：「有沒有一個穿洋裝的年輕小姐從這條路跑過去？」那個農夫回答：「有。她好像很急，幾乎是跑著趕路的。」我在腦中想像著姪女在春日的鄉間小路上，急急忙忙追趕新郎的模樣，心中湧出一陣暖流。我們往山上走了一段路，只見姪女笑著站在落葉松的樹蔭下。她說，一路趕到這裡都沒見到我們，想必隨後就到，於是待在這裡採了些蕨菜。她看起來沒有絲毫疲態。聽說這一帶遍地是山菜，有蕨菜、土當歸、薊草、竹筍等等；到了秋天，還會有綠菇、土被菜、朴蕈等等菇類。按阿亞的形容來說，就是長得像「鋪滿了」整座山頭似的，甚至還有人們遠從五所川原和木造等地專程來採摘的呢。

「陽子小姐可是一位採菇高手！」阿亞又補了一句。

「聽說親王殿下也曾經蒞臨過金木町吧！」我邊爬山邊問。

「是的。」阿亞非常恭敬地回答。

「眞是非常榮幸呀！」

「是的。」阿亞的語氣顯得緊張。

「殿下經常來金木町這樣的地方喔？」

「是的。」

「是坐汽車來的嗎？」

「是的，殿下是坐汽車來的。」

「阿亞也拜見過殿下嗎？」

「是的，我有幸拜見過。」

「阿亞好幸運喔！」

「是的。」說完，阿亞拿起綁在脖子上的毛巾，擦了擦臉上的汗水。

黃鶯在歌唱。紫羅蘭、蒲公英、野菊、杜鵑、白水晶花、通草、野玫瑰，還有許多我不認識的花，在山路夾道的綠草中歡欣地綻放。低矮的柳樹和槲樹紛紛吐出了新芽，還有愈往山頂長得愈茂密的矮竹。儘管這只是一座不到兩百公尺高的小山，但視野相當開闊，站在這裡就能夠把整個津輕平原的每個角落盡收眼底。我們駐足俯瞰平原，聆聽阿亞的解說，再向前走一小段，眺望津輕富士的美景，讚不絕口，不知不覺間便走到了山頂。

「這就是山頂嗎？」我問了阿亞，有些悵然若失。

「是的，這裡就是山頂。」

「就這樣哦？」我嘴上雖這麼說，卻沉醉在眼前津輕平原鋪展開來的春光美景之中。岩木川宛如一條細細的銀線，熠熠發亮，而銀線盡頭那猶如古代明鏡般閃爍著混沌光輝的，應該是田光沼吧？再往更遠處看去，那片朦朧的白霧，好像是十三湖。十三湖又叫作十三潟，在《十三往來》[94]中有記載：「津輕之大小河流共十三條，聚於此地合成大湖，且不失各河川之固有本色。」這座湖位於津輕平原的北端，包括岩木川在內的十三條大小河流，流經津輕平原匯聚於此，湖周大約三十公里，但由於河水夾帶了大量的土石，以致湖底較

94 相傳於建武年間（一三三四～一三三八）由相內山王坊阿吽寺的弘智僧人所撰寫，描述十三安東氏的繁榮景貌。

淺，最深處只有三公尺而已。湖水因爲海水的流入而變成了鹹水，不過岩木川注入的河水也不少，所以接近河口處是淡水，而魚類也有淡水魚和鹹水魚一起棲息於此。這座湖面向日本海開口的南側，有一個名叫十三的小村落。有一種說法是，這一帶早在七、八百年前已經由津輕的豪族安東氏開墾爲根據地了。此外在江戶時代，這裡曾和北方的小泊港協力運出津輕的木材和稻米，繁榮一時，如今已看不到過去的榮景了。在這座十三湖的北邊，可以看到權現崎，不過這附近開始進入國防要地了。讓我們換個角度，把目光放到比前方的岩木川更遠的那道清澈的藍，那裡是日本海，沿岸的七里長濱同樣盡收眼底。從北邊的權現崎，到南邊的大戶瀨崎，視野遼闊，一覽無遺。

「這地方眞好！要是我，就選在這裡建城——」

話沒說完，我就被陽子打斷了。「那到了冬天怎麼辦？」

「唉，這地方要能不下雪就好了。」我頓時有些憂鬱，嘆了一聲。

我們越過山頂，走到谷底，在河邊解開了飯盒。浸在山溪裡的啤酒喝起來格外冰涼暢快。姪女和阿亞喝的是蘋果汁。吃喝之際，我陡然瞥見一物。

「蛇！」

姪女婿迅即一把抓起脫掉的上衣站起身來。

「別緊張、別緊張！」我伸手指向山溪對岸的岩壁說道，「那條蛇想爬上那面岩壁呢。」

只見那條蛇從湍流中猛然抬頭，眼看著爬上了岩壁一尺左右，便噗嚕嚕地掉下來了；然後牠又滑溜溜地爬上去，再一次落下來了。那條蛇就這麼鍥而不捨地試了二十趟左右，終於精疲力竭地放棄了爬上去的念頭，浮在水面上由著溪流將牠長長的身軀推向我們這邊來。這時，阿亞站了起來，拿起約莫兩公尺長的樹枝無聲地走過去，以迅雷不及掩耳的速度噗地一下刺進溪裡，發出了呲哧的異聲。我們三人都把視線移開了。

「死了嗎？死了嗎？」我語聲可悲地連連追問。

「被我解決掉了。」阿亞連同樹枝一起扔進了溪裡。

「應該是蝮蛇吧？」儘管阿亞已經收拾了那條蛇，我還是很害怕。

「要是蝮蛇，我就活捉了。剛剛的是青蛇。蝮蛇膽可以拿來當藥材。」

「這山上也有蝮蛇吧？」

「是的。」

我悶悶不樂地喝著啤酒。

阿亞第一個吃完飯盒，接著拖來一根粗大的木材，扔進溪流充作踏腳處，旋即輕巧地縱身跳到了對岸，然後攀上對岸的山壁，看來像是在採集土當歸和薊草之類的山菜。

「太危險了啦，沒必要特地爬到那麼危險的地方，還有其他地方長得也不少呀！」我提心吊膽地數落了阿亞冒險的舉措。「阿亞一定是太興奮了，才會故意爬上危險的地方，想向咱們炫耀炫耀他的勇敢吧！」

「對對對！」姪女大笑著同意我的分析。

「阿亞！」我大聲喚了他，「行啦、行啦！太危險了，別再採了！」

「好的。」阿亞答應了，利索地從山崖上滑下來。我總算鬆了口氣。

回程的路上，由陽子背著阿亞摘採來的山菜。我這個姪女從小就是這樣不拘小節。歸途中，連我這個在外濱時被稱讚是「腳力依然寶刀未老」的人都疲憊不堪，連聊天的氣力都沒了。從山上下來，聽到了布穀鳥的叫聲。城鎮旁的木材加工廠裡，木料堆積如山，輕軌手推車來回穿梭，呈現出繁榮的盛景。

「金木町果真生氣勃勃啊！」我忽然有感而發。

「是嗎……」姪女婿像是也有些累了，提不起勁地應了話。

我突然覺得不大好意思。「哦，我這個離鄉背井的人其實也不大懂，只是覺得十年前的金木町還不像這個樣子。當時看起來似乎是個愈來愈蕭條的小鎮，不是現在這樣的。現在感覺好像正逐漸發展起來了呢。」

回到家裡，我告訴大哥金木町的風景比我想像中來得優美多了，大哥回答我，上了年紀以後，就會愈發覺得自己家鄉的風光比京都和奈良還要美。

第二天，前一日出遊的四個再加上大哥大嫂，我們一行六人到一個叫鹿子川水塘的地方，位於金木町東南方大約六公里處。臨出發前，大哥有客人來訪，其他人便先走一步。大嫂這天穿上了燈籠褲、白布襪和草屐。自大嫂嫁來金木町後，或許這是她頭一回前往六公里遠的地方。這一天同樣風和日麗，比昨天還要暖一些。幾個人由阿亞領路，帶我們沿著金木川旁森林鐵路的鐵軌不停地往前走。軌道枕木的間隔很不好走，跨一步嫌窄，可踏半步又嫌寬，簡直在刁難人。我沒多久就累了，緘默無聲，只管拚命抹汗。出遊時，天氣太好反倒累得快，提不起興致。

「這一帶是洪水氾濫過後留下來的模樣。」阿亞停下腳步，向我們說明。緊鄰河川旁數公頃的田地上散亂著巨大的樹根和木材，乍看去還以爲是激戰過後的戰地。就在前一年，金木町遭到了大水侵襲，連我那位八十八歲的外祖母都說她這輩子還沒遇過那樣嚇人的天災。

「這些樹都是從山上沖下來的。」說著，阿亞露出了難過的表情。

「太可怕了。」我擦著汗說道，「簡直成了一片汪洋嘛！」

「確實像是泡在海裡。」

告別了金木川，我們又沿鹿子川向上走了一會兒，總算脫離森林鐵路的折磨。拐進右邊走一小段，出現了一個池周目測應該超過兩公里的大水塘，碧水滿盈，宛如一鳥啼鳴水更靜的仙境。聽說這一帶以前是一處叫作莊右衛門沼澤的深谷，直到不久前的昭和十六年[95]，才把谷底的鹿子川攔了下來，蓄出這座大水塘。水塘邊的那座大石碑上，大哥的名字也刻在上面。水塘周圍施工時刨挖後的紅土峭壁，迄今仍赤裸裸地暴露在外，以致於少了一股天然的肅穆氛圍，不過仍能感受到金木町這座小鎮的力量。我這個輕浮的旅遊評論家站在那裡抽起菸來，欣賞著四周景觀，隨口發表了一段不負責任的感言——這種人爲改造的成果，亦不啻爲賞心悅目的風景！接著，我又自信滿滿地領著大家沿著水塘邊散步。

「這兒好！這裡好極了！」說著，我坐在水塘邊一隅的樹蔭下，「阿亞，你過來看一下，這該不會是漆樹吧？」

我要是碰了漆樹過敏發癢，接下去的旅程可就苦不堪言了。阿亞回答這不是漆樹。「那麼，那棵樹呢？我覺得不大對勁，你仔細瞧一瞧！」

大家都笑了起來，可我是認眞的。阿亞又說那顆也不是漆樹。我這才眞的安了心，決定在這裡揭開飯盒野餐了。我喝著啤酒，高興地打開了話匣子，說

95 一九四一年。

起了大概在小學二、三年級時遠足的趣事。那一回去的是離金木町約莫十四公里的西海岸，一個叫高山的地方。那是我第一次看到大海，非常興奮。當時帶隊的老師比我們更興奮，一看到海就叫我們面對大海排成兩列，齊聲合唱〈我是大海之子〉96。這本來該是在海邊長大的孩子唱的歌，可我們分明是生來頭一回看到大海，卻非得要我們唱起「我是大海之子，站在白浪滔滔的岸邊松林裡」，實在太古怪了。我雖還是個孩子，卻已感到難為情，沒法放聲大唱。而且我在那一趟遠足格外講究服裝，戴上寬邊的麥稈帽，持著哥哥攀爬富士山時用過的那支白木手杖，上面還清晰地烙有幾個神社的印記。本來老師要求我們穿草屐，盡量輕裝出遊，可我偏要穿上累贅的褲裙、長襪和繫帶高筒靴，就這麼風姿綽約地出發了。結果走不到四公里，我就累垮了。先是脫去了褲裙和高筒靴。接著，老師讓我穿上一雙快要磨穿底的草屐，而且還不成對，草屐上的夾帶一只是紅的，另一只則是草繩。再過一陣子，麥稈帽摘掉了，手杖也交給別人幫忙拿，到最後終究上了學校雇來載病秧子的貨車。等我回到家的時候，已經失去了出發時的光鮮亮麗，只見我拄著手杖，另一手則拎著長筒靴，其狀可憫。我活靈活現地轉述這段慘兮兮的經歷，把大家逗得捧腹大笑。

「嘿！」

有人在喊我們。是大哥的聲音！

「在這兒！」我們也異口同聲地回應。阿亞跑上前去迎接。沒多久，大哥提著冰鎬出現了。可這時我已把帶來的啤酒全都喝光了，頓覺非常尷尬。大哥很快就吃完飯盒，然後大家一起往水塘的盡頭走去。倏然傳來了好大的拍翅聲，有水鳥從塘面飛起。我和姪女婿互看了一眼，同時不置可否地點了頭。我們好像都沒自信說出來那到底是大雁抑或野鴨？總而言之，一定是野生的水鳥。驀然間，我感受到一股深山幽谷的靈氣。在我前方的大哥駝著背，踽踽而行。上一回和大哥這樣結伴同行，是幾年前的事呢？記得約莫在十年前，在東京近郊的鄉間小路上，大哥也是這樣駝著背，踽踽而行。我落在他後面數步之遙，望著大哥的背影，一個人哭眼抹淚地跟在後面走。或許從那次之後，我們

96　日本文部省選入小學音樂課本之歌曲。

就不曾像今天這樣走在一起了。那起事件，我不認爲自己已經得到大哥的原諒，也許他一輩子都不會原諒我了。就如同一只裂了縫的碗，再也無法復原一樣，任憑我百般努力，都無法回到從前。津輕人的性格尤其無法盡釋前嫌。我想，往後只怕不再有機會和大哥相偕外出踏青。水柱沖下的聲音愈來愈清晰。水塘的盡頭有一處當地的名勝，叫作鹿子瀑布。走沒多久，高約十五公尺的涓細瀑布，就在我們的腳下出現了。換句話說，我們是沿著莊右衛門沼澤的邊緣，一條寬僅一尺的危險小徑走到這裡的，右手邊是料峭絕壁，左腳下面就是深鑿斷崖，而深不見底的幽青瀑潭則盤踞在谷底。

「我瞧著有些發昏了。」大嫂半開玩笑地說著，抓著陽子的手臂怯懦懦地往前走。

右邊的山腰上，杜鵑花相互爭奇鬥豔。大哥把冰鎬扛在肩上，每看到一簇盛放的杜鵑花，都會放慢腳步。除了杜鵑花，紫藤花也準備綻放了。這條路逐漸變成下坡，我們走到了瀑布口。大約兩公尺寬的小溪中間擺著一只樹墩，以樹墩爲途中的踏腳處，只消兩步即可輕鬆跨過溪流。我們一個接一個地騰步過溪，最後只剩下大嫂一個。

「我不敢。」大嫂直笑著說不行，遲遲無法過河。瞧她腿腳癱軟，真沒法跨出步伐。

「你背她過來。」大哥吩咐了阿亞。可即便阿亞走到大嫂身邊，大嫂仍是連連笑著擺手，嚷著自己不成。這時候，阿亞不曉得打哪來的氣力，抱來一個龐大的樹墩，噗通一聲扔到了瀑布口。嗯，這麼一來，總算把橋架好了。大嫂這才開始戰戰兢兢地踏出腳步，但還是遲疑著不敢邁開步伐。她伸手搭著阿亞的肩頭，好不容易才過了一半，接下來的溪水比較淺，她乾脆從臨時搭的樹墩跳進溪裡，嘩啦啦地涉水而過，這一來，燈籠褲腳和白布襪及草屐全都濕透了。

「我這根本和從高山遠足回來沒兩樣嘛！」大嫂拿我方才轉述去高山遠足的慘痛記憶調侃，笑著打趣道。陽子和她的夫婿也爆出了大笑。唯獨大哥一人回頭問道：「嗄？怎麼了？」大家立時噤口收住了笑聲。我見到大哥滿臉的納悶，本想向他解釋緣由，又覺得說出來顯得傻氣，實在沒有勇氣再一次解釋

「高山遠足」這個話題的來龍去脈。大哥不發一語，兀自邁步而去。大哥總是這般孤單。

五、西海岸

前文裡曾多次提到，我雖在津輕出生、成長，但迄今卻對津輕這塊土地一無所知。靠近日本海的津輕西海岸，除了在小學二、三年級時那趟「高山遠足」去過之後，我就不曾造訪了。所謂的高山，其實只是一座海邊的小山。距離金木町正西方十四公里左右，有座居民約有五千人、叫車力的大村莊，穿過這裡就能到達高山了，聽那裡的稻荷神社[1]特別出名。不過，畢竟那是小時候的事了，唯有穿了不合時宜服裝去遠足的記憶，依舊深深地留在心裡，其他的印象都很模糊。因此，我早已計畫要趁這個機會好好逛一逛津輕的西海岸。去鹿子川水塘踏青後的的第二天，我從金木町出發，於上午十一點左右到達五所川原，並在這個車站換搭五能線[2]火車，坐了不到十分鐘，便抵達木造車站

1 意指高山稻荷神社。稻荷神社奉祀的主神是五穀神。
2 連接川部與東能代的舊國鐵的鐵路線，由東部的大站五所川原，以及西南邊的大站能代各取一字，命名為五能線。

了。木造町還屬於津輕平原上的一個小鎮，我打算在這裡稍作逗留。走出車站一看，感覺這是一座古老而悠閒的小鎮。這裡的居民大約有四千人，好像比金木町少了一些，但小鎮的歷史相當久遠。碾米廠裡機器運作的咚咚聲響，聽起來頗爲慵懶。不知道是哪一家屋簷下的鴿子，咕咕叫個不停。這裡是我父親出生的故鄉。我那住在金木町的津島家，幾乎歷代都是女系家族，必須招婿入門。父親是這座小鎮一戶M姓世家的三男，進了我家當門婿，接任不曉得第幾代的當家主。父親在我十四歲時過世了，只能說我對這位父親的了解實在不多。這裡再次引用本人作品《回憶》中的一個段落：「我父親是個大忙人，很少待在家裡。即便在家，也很少和孩子們相處。我始終畏懼父親。我一直很想要父親的鋼筆，卻不敢說出來，悶在心裡左思右想。終於，一天晚上，我躺在被窩裡閉著眼睛假裝說夢話，不停小聲唸著『鋼筆、鋼筆、鋼筆……』，企圖讓正在隔壁房間跟客人談話的父親聽見。理所當然，我的盼望既沒有傳到父親耳中，也沒有送進他的心裡。有一回，我和弟弟跑進堆滿米袋的庫房裡開心玩耍，父親站在門口連聲喝叱：『小子，出來！出來！』屋外的光線從父親的背後射了進來，我只看到一個高大又漆黑的身影。即便時過境遷，直到今天一想起當時的恐懼感，依然令我很不舒服。（中略）翌年春天，積雪仍深的時節，我父親在東京的醫院裡吐血身亡。附近的報社出了號外刊登父親的訃告。比起父親的死訊，這種驚天動地的頭條大事更令我興奮不已。我的名字也在遺屬名單中被刊上了報紙。父親的遺體躺在龐大的棺木裡，被放在雪橇上運回了故鄉。我隨著眾多鎮民一起去到鄰村附近迎接。不久，從樹林後面接二連三滑出幾台帶篷雪橇，月光映灑下來，那幕情景眞是美極了。第二天，家人都聚集到安放父親棺木的佛堂裡。在揭開棺蓋的時候，大家都放聲大哭。父親像在安睡中，高挺的鼻梁蒼白泛青。聽著大家的哭聲，我也忍不住流下了眼淚。」關於我父親的記憶，可以說大概就是這些了。父親過世以後，大哥表現出來的威嚴，並不亞於父親。正因如此，我才得以安心地仰賴他，也從未因爲失去父親而感到寂寞。隨著年齡的增長，我開始不禮貌地尋思父親到底是一個什麼樣的人呢？有一天，我在東京的陋屋裡打盹，父親來到了我的夢中，告訴我他其實沒有死，只是基於政治上的考量而不得不佯裝死亡。夢裡的父親比我記憶中的面容來得疲憊而顯得衰老，令我對他百般思念。講我的夢境也沒什麼意思。總之，事實是，近來我有股愈來愈強烈的欲望，很想了解父親是個怎樣的人。父親的幾個兄弟都患有肺疾。父親雖沒染上肺結核，但也是由於某種呼吸系統的疾病導致吐血身亡。他離開人世時是五十三歲，這在我幼小的心中已經覺得是很老的人，應該算是壽終正寢了；然而放到如今的時代，區區五十三歲迎接死期，別說是老邁頹齡的壽終正寢，根本是英年早逝！我曾托大地想過，倘若父親能多活幾年，也許能爲津輕做出更偉大的貢獻。我一直很想親眼看看，我的父親是出生在什麼樣的家庭，又是在什麼樣的鄉鎮長大成人的。木造町只有一條街道，房屋沿著路的兩邊櫛比鱗次。家家戶戶的後面都有翻過土的大片水田，田間的小路邊還有成排的白楊林蔭道。來到津輕的這幾天，這是我第一次看到白楊樹。我當然應該在其他地方看過許多白楊樹，但唯獨木造町的白楊樹那淡綠的嫩葉在微風中輕輕搖擺，令人憐愛，讓我留下了十分鮮明的印象。從這裡遠望的津輕富士，也和從金木町看到的姿容一模一樣，像個纖瘦的絕世美女。傳說中，這種能夠看到美麗山景的地方，必定盛產稻米和美人。這地方確實盛產稻米，至於美人如何呢？是不是也和金木町一樣，沒法給個肯定的答案呢？關於那個傳說，我甚至懷疑恐怕正好相反吧——在能夠看到岩木山美麗山容的地方，應該是……，噢不，就此打住吧。談論這種話題，往往會惹人不悅，我這個只在鎮上裡轉了一圈後講風涼話的遊客，或許沒有資格妄下定論。那天的天空同樣萬里無雲，唯一一條從火車站筆直延伸而出的水泥路面熱氣蒸騰，好似淡淡的春霞一般。我漫不經心向前走去，腳上的膠底鞋像貓兒一樣悄然無聲，春天的暖意薰得我腦袋發懵，居然把木造警察局的牌匾字樣看做是木造的警察局，還兀自點頭，心想這公署果眞是用木頭建造的，頓了一瞬才茅塞頓開，不禁苦笑著自嘲。

木造町是個「籠陽」的小鎮。所謂「籠陽」，就是像往昔銀座的店家會在午後烈陽發威時，在店門前同時撐開遮陽棚，想必諸位讀者都曾涼爽地由那種遮陽棚下方走過，也會覺得像是一條臨時搭建的長廊；換言之，如果把那一條以布棚遮陽的長廊，想成是從家家戶戶的屋簷伸出兩公尺寬的永久性遮陽簷，那便是北國的「籠陽」了，這樣想像就八九不離十了。不過，它並不是爲了遮陽而搭建的。這可不是東京的那種摩登玩意。它是爲了在積雪極深的冬天，方便街坊相互走動，就把相鄰家戶的長屋簷緊緊連在一起，於是搭出了一條室外長廊。如此一來，即使在暴雪狂作的時候，也不用擔心得冒雪出門，可以舒服地到外面買東西，因此成爲當地人生活中最不可或缺的一部分。此外，它還可以充當孩子們玩耍的地方，也不會發生東京人行道那樣的危險，下雨時走在長廊下得以避免淋濕，更不用說像我這種被春陽的暖意蒸得發昏的旅人，恰好可以衝進這裡面享受片刻的涼意。儘管坐在店裡的人們好奇盯瞧的目光教人有些招架不住，總之很感謝這條長廊的存在。根據一般的說法，所謂「籠陽」的片假名應該是「小店」的諧音，可我認爲應該套上「隱瀨」或是「隱日」[3]的漢字去做解釋更容易理解。想到這裡，我不禁自鳴得意了起來。我沿著這條籠陽長廊，走著走著，來到了M藥品批發店。這就是我父親的老家了。我過門不入，沒有繞進去，繼續在籠陽裡面往前走，心裡盤算著到底該怎麼辦。這座小鎮的籠陽眞的很長。津輕的古老城鎮似乎多數都有這種籠陽走廊，但像木造町這樣，整座小鎮都由籠陽連貫起來的地方，應該並不多見。依我之見，木造町應該叫籠陽小鎮了。我再往前走了一小段，終於走到了長廊的盡頭，我在這裡嘆了一聲，向右轉身折返。到今天爲止，我還不曾造訪M家，也沒來過木造町。或許在孩提時候曾讓人帶來這裡玩過，在我完全沒有印象。M家這一代的當家主比我大上四、五歲，爲人爽朗，以前就不時來金木町遊訪，和我相熟。我想，就算現在上門拜訪，應當不至於遭到白眼，可畢竟我的來訪實在唐突。倘若以我這身破爛裝束，沒什麼要事卻登堂入室，堆起諂媚的笑容向M先生打起招呼說好久不見了，想必他會瞪大眼睛，心想這傢伙在東京終於沒法餬口了，橫豎是跑來找他借錢的吧。就算告訴他，我只是想在死前看一眼父親的老家，只怕愈發顯得虛情假意。都已經是長了歲數的大男人了，那種話就是撕爛了嘴也講不出口，不如現在就打道回府吧！我煩惱不已，不知不覺間又來到了M藥品批發店的門口。我再也沒有機會來第二趟了。就算是沒面子也無妨。進

3 「籠陽」的片假名為「コモヒ」，讀作「komohi」；「小店」讀作「komise」、「隱瀬」讀作「komose」、而「隱日」讀作「komohi」。

去吧！我霍然下定了決心，朝店裡打了一聲招呼。M先生走了出來。「哎呀！嘿！稀客稀客！」熱情如火的他，不由分說就把我連扯帶拉地送進客廳，硬是把我推到了壁龕前的上座。「喂，人呢？送酒啊！」他吩咐了家裡人，不到兩、三分鐘，酒就上桌了。動作眞是俐落。

「久違了，眞是久違啦！」M先生自己也豪爽地大口喝酒，「多少年沒來木造啦？」

「這個嗎……，就算小時候來過，起碼有個三十年了吧？」

「我想也是、我想也是！來來來，喝吧！來了木造就甭客氣啦！太好啦！眞是太好啦！」

這棟房子的隔間跟我那金木町的家非常相像。聽說，金木町現在的房子是我父親當了門婿之後不久，親自設計與大幅改建的。這下我終於懂了。原來到了金木町的父親，只是把隔間改成與自己的老家一樣罷了。我好像可以明瞭身爲門婿的父親當時的想法與感受，不由得會心一笑。有了這層體會後，就連院子裡的樹木和石頭的擺置，看上去都似曾相識。即便只是發現了這件微不足道的小事，我彷彿已經感受到死去父親「感性的一面」了。單是這一點，這趟來M先生家已是不虛此行了。M先生似乎準備要好好款待我一番。

「不了，請別忙。我得搭一點鐘的火車去深浦才行。」

「深浦？去幹什麼？」

「也沒什麼要事，只是想去看一看。」

「要寫書嗎？」

「嗯，也有這個打算。」我總不能說得趁自己還沒死之前到處走走逛逛這種掃興的話。

「那，木造町的事也會寫進去吧？既然要寫木造町的事……」M先生神態自若地說，「首先希望你能寫下供給稻米的數量。根據警察局轄區內的統計，咱們木造警察局轄區是全國第一！很厲害吧？是日本的第一名呢！我想，這可以說是我們努力的成果。當這一帶的稻田缺水時，我就跑去鄰村討水，終於得到了今天的成就。就像是大醉虎[4]搖身一變，成了水虎大明神一樣呢。我們也

4 喝得酩酊大醉的醉鬼。

沒有因爲自己是地主就遊手好閒。我雖然脊椎不大好，可也下田除過草呢。唔，想必下回你們東京人也能配給到一大包香噴噴的白米飯嘍！」這話眞教人欣慰無比。M先生從小就是個豁達大度的人。他那雙像孩子般渾圓的眼睛很有魅力，深受當地民眾的愛戴。我好不容易才謝絕了他的再三挽留，總算趕上了下午一點開往深浦的火車，並在心中祈求M先生永遠幸福平安。

從木造町搭乘五能線火車行駛大約三十分鐘，途經鳴澤和櫬澤，這裡便是津輕平原的盡頭了。火車接下來沿著日本海岸奔馳，右手邊可以望見大海，左手邊不遠處即爲出羽丘陵北側山脈的尾端。約莫一個小時過後，右邊的車窗出現了大戶瀨的罕見奇景。據說這一帶的岩石全都是凝灰角礫岩[5]，受到海水侵蝕後變成了平坦而摻雜著灰綠色的岩盤，在江戶時代末期露出了海面，簡直像是妖魔鬼怪從海裡爬出來一樣。由於這裡宛如能夠一次招待數百人的海邊宴會廳，因而起名爲千疊敷[6]，再加上岩盤的表面分布著許多圓形坑洞呈滿了海水，看來就像斟滿了美酒的大酒杯，因爲被叫作杯沼。話說回來，能把那麼多直徑三十到六十公分的坑洞全看成了酒杯，想來命名的人必定是個酒豪。這一帶海岸盡是奇嶙怪岩聳立，怒濤一波波沖刷著岩腳。——倘若以上這段描述寫在名勝導覽手冊裡，倒是未嘗不可；但事實上，這裡的「風景」十分普通，可以說是全國各地處處可見，並不會給人帶來像外濱北端海邊那種奇特的震撼，也因此不具有外地人所無法理解的那種津輕特有的佶屈乖僻。換句話說，這裡已經受到了文明的開化，經過人類的薰陶，呈現出一種開朗的順從氛圍了。那位竹內運平先生在《青森縣通史》中，也記載著從這地方往南的區域，以前並不屬於津輕的領地，而是秋田的領地，後來在慶長八年和鄰藩的佐竹氏談判，才把這裡納歸津輕所屬。的確，從這一帶開始的風光，似乎不大像津輕了。不過，這只是我一個過路客不負責任的第一印象。這裡既沒有津輕那種不幸的宿命，也不再有津輕獨特的「笨拙」。即便只欣賞了此地的山光水景，也能感覺得出來。所有的一切都充分展現出智慧，體現出文化薰陶，沒有愚蠢的傲慢。

5 由火山礫與火山灰堆積與凝結後，形成具有不規則角稜狀的岩石。
6 亦即可設座千席的宴會廳之意。

從大戶瀨再經過約莫四十分鐘，就到了深浦。這座海港小鎮同樣呈現出在千葉縣海邊漁村常見的那種溫良恭儉和謹言愼行，說難聽的，就是城府深密，噤默無言地送往迎來。也就是說，他們對外來遊客沒有絲毫的好奇。我絕不是把深浦給人的這種感覺，當成該地的缺點說出來，而是認爲假如不是抱持這樣的心態，說不定人們在世上就會活得很痛苦。這或許正是成年人展現出來的成熟樣貌——擁有某種深藏不露的自信。這裡沒有在津輕北部看到的那種孩子氣的惡作劇。津輕的北部好比是半生不熟的蔬菜，這地方的則已經燉得軟爛了。啊，就是這樣沒錯！只消這樣做個比較，一切就不言自明了。住在津輕內陸的人們，事實上缺乏那種由悠久的歷史所衍生而出的自信。連一丁點都沒有。所以他們才會不得不擺出高傲的姿態，時常惱羞成怒，老是批評別人「彼爲鄙賤之人！」或許就此形成了津輕人的反骨，津輕人的剛愎，津輕人的乖僻，最後領著他們走上了孤獨的悲哀宿命。津輕人啊！請抬起頭來展露笑容吧！不是有人[7]毫不諱言地斷定這地方具有即將邁入文藝復興時期前同樣旺盛的崛起力嗎？請靜靜地思考一個晚上：當日本的文化面臨了獲取偌小的成就後卻停滯不前的時期，津輕此地的大業待成，將會給日本帶來多麼大的希望啊！這一番話，想必會得到激動的連連贊同。然而，在別人溜鬚拍馬下得到的信心，根本發揮不了任何作用。津輕人應當對此視而不見，對自己深具信心地繼續努力下去。

深浦町是位於舊時津輕領地西海岸南端的港邊小鎮，目前有五千左右的居民。江戶時代，幕府派駐了町奉行官，掌理深浦、青森、檳澤、十三等四浦的町政府，成爲津輕藩最爲重要的港埠之一。此處的地形是由丘陵環抱的一個小海灣，水深而波平，與吾妻濱的奇巖、弁天島、行合岬，形成了一連串的海岸名勝。這是一座安靜的小鎮。漁夫家的院子裡，倒掛晾曬著既大又豪氣的潛水服，給人一種超然而安心的感覺。沿著火車站前唯一一條主要道路往前直走，即可到達小鎮郊處圓覺寺[8]的仁王門[9]。聽說這座寺院的藥師堂[10]，已經被指

7 意指佐藤弘理學士（請參見前文第一〇三頁）。
8 真言宗醍醐派，位於春光山，亦稱為淵口觀音堂。
9 安置於寺院神社門旁左右的一對金剛力士神像以護持佛法。
10 堂內祀奉藥師如來，建於室町時代（一三三八～一五七三），為青森縣內最古老的建築物，堂內的佛龕已被認定為重要文物資產。

定爲國寶。我打算參拜過這座藥師堂後，就離開深浦。一個已然建設完畢的城鎮，只會讓旅人備感失落。我來到海濱，坐在石頭上，十分猶豫接下來該往何處去。驕陽當空，時間還早。我忽然想起了東京那間陋屋裡的孩子。這趟旅程我本來告訴自己盡量不要想起家裡人，但孩子的臉龐乍然飛進了我那空蕩蕩的心口。我於是起身走去鎮上的郵局，買了一張明信片捎回家中。老大得了百日咳，孩子的媽就要生老二了。我心情浮躁，隨便揀了家旅舍[11]便走了進去。我被領進一間髒汙的客房之後，解開綁腿時就迫不及待地要了酒。酒菜很快就上桌，那速度快得出奇，恰恰解了我的酒癮。儘管客房很不乾淨，但餐食還包括用鯛魚和鮑魚兩種海鮮烹調的各種豐富菜餚。鯛魚和鮑魚好像是這個海港的特產。喝完兩瓶清酒，離睡覺的時間還早。這趟來到津輕之後，總是受到別人的美食款待，今天是不是該自食其力地喝個夠呢？我腦中轉著無聊的想法，來到走廊遇上方才送餐的十二、三歲小姑娘就問：「還有酒嗎？」小姑娘回答：「沒有了。」我再追問：「有其他地方喝得到酒的嗎？」小姑娘馬上回答：「有。」我這才放下心來，繼續問她那家店在哪裡。小姑娘告訴我怎麼走，我去了一看，沒想到是一家挺別致的傳統餐館。我被領到二樓一間十鋪席大的包廂，窗口能望見海，我在津輕漆[12]的餐桌前大模大樣地盤腿而坐，連聲吩咐女侍快上酒。酒很快就送上來了，下酒菜還沒來，對此我已很是感激。通常烹煮飯菜總是比較花時間，店家經常把顧客晾著乾等。有個四十歲上下，缺了門牙的大嬸，端著酒壺進來。我想問一問大嬸深浦有沒有什麼鄉野傳說。

「深浦有哪些名勝？」

「您去向觀音菩薩參拜過了嗎？」

「觀音菩薩？喔，圓覺寺那裡俗稱觀音菩薩呀！原來如此。」我還以為能從大嬸身上問出一些古老的故事，然而，包廂卻又來了一個圓滾滾的年輕女侍，一開口便滔滔不絕地賣弄俏皮話。我實在無法忍受，決定要拿出男子氣概坦白以告，於是開了口對她說：

---

11 關於這間旅舍的描述，是依據秋田屋旅館作為參考的。

12 日本青森縣弘前市附近製造的漆器，複雜的斑紋為其特色。

「麻煩妳下樓去吧！」

我在此向讀者發出忠告：男人進了餐館，千萬別口吐眞言！這可是我的切身之痛。那個年輕女侍聽了，當即板起臭臉站起身來，連著那個大嬸也一同起身，兩人相偕走了出去。那狀況像是一個被趕出了房間，另一個也不好繼續待在房裡，以免失了朋友間的義氣。我在這間大包廂裡獨飮，遠眺著深浦港的燈塔，愈發添了幾分旅愁，乾脆回到了投宿的旅舍。第二天早上，我落寞地吃著早飯，店老闆端著酒壺和小碟子進來了。

「您是津島先生吧？」店老闆問道。

「是的。」我在登記簿裡留的是筆名太宰。

「我就說嘛，長得眞像呀！我跟您哥哥英治先生是中學的同學。您在登記簿上寫的是太宰，所以我當下沒發現，可愈看愈覺得和您哥哥長得太像了！」

「不過，我留的也不是假名字。」

「是是是，這我也知道。我聽說了他有個弟弟換了名字在寫小說。昨天晚上招待不周，實在抱歉。來，請喝酒吧！這個小碟子裡的是醃鮑魚腸，上好的配酒菜！」

我吃完飯，就著醃鮑魚腸享用的一壺酒。醃鮑魚腸確實好吃，眞是美味極了！結果，即便來到了津輕的最遠端，我依然得到哥哥們勢力的庇護。到頭來，我恍然驚覺僅一己之力，根本什麼事都成不了，方才享用到的珍饈美酒愈發暖人肺腑。總之，我在津輕南端這個港口的唯一收穫就是了解到哥哥們的勢力範圍。我滿腦子都是這件事，不知不覺地又上了火車。

檍澤。我在深浦搭上回頭車，順道造訪了這處古老的港口。這座小鎭差不多位於津輕西海岸的中心，在江戶時代曾經繁華一時。津輕多數稻米都從這個港口裝載運出，而且這裡也是傳統老式木船來回大阪的啓航與終點站。這地方水產豐富，捕撈上岸的海鮮不但是當地居民的盤中飧，更造福了廣大的津輕平原家家戶戶的三餐菜色。不過，這裡的人口如今只有四千五百人左右，比木造町和深浦町都來得少，已經漸漸失去了往昔的榮光。既然地名叫作檍澤，可以想見這裡過去的某一段時期，必然能夠大量捕獲到檍魚[13]，不過在我小時候，

13　亦即竹筴魚。

從不曾聽過這裡盛產櫝魚，只知道雷魚特別有名。近來，東京有時候也會配給雷魚，所以讀者應該聽過這種魚，牠的名稱也可以寫成「鰰」或「鱩」，體長爲十五、六公分左右，沒有魚鱗，把牠想成是海裡的香魚，大致就相去不遠了。雷魚是西海岸的特產，秋田更是盛產地。東京人嫌牠太油膩，我們卻覺得這種魚的味道非常清淡。在津輕，通常把剛捕上岸的雷魚摻上淡味醬油直接燉煮後整尾吃完，能夠一口氣吃上二、三十尾的人也不在少數。甚至還聽說經常舉辦吃雷魚大賽，吃得最多的人就能領獎。那些運到東京的雷魚已經不新鮮了，況且東京人也不懂得該怎麼煮雷魚最爲鮮美，所以才會覺得雷魚不好吃。在俳句的歲時記[14]裡，好像出現過雷魚一詞，我也記得曾經讀過一首江戶時代俳人吟詠的俳句，意思是形容雷魚的味道清淡[15]，說不定江戶時候的老饕也把雷魚視爲珍饈呢。毫無疑問地，吃雷魚確實是津輕這地方入冬以後，人們圍坐在暖爐邊享受的樂趣之一。就是因爲這裡盛產雷魚，我才會從小就聽過了櫝澤的地名，不過這倒是我頭一回來到這座小鎮。這是一個背山面海、出奇狹長的小鎮，還散發出一股沉沉的酸甜味，讓人聯想到野澤凡兆[16]的俳句「夏夜走街市，酸甜苦辣香四溢」[17]。這地方就連河水都顯得濁濁的。整座小鎮瀰漫著一種倦怠的氛圍。這裡雖也有和木造町一樣的籠陽長廊，卻有些搖搖欲墜，也不如木造町的籠陽那般能夠帶來涼意。那一天的太陽赤燄燄地發威，我本想走在籠陽裡面躲陽光，可依然覺得胸口發悶，喘不過氣來。這裡賣吃食的店鋪很多，教人懷疑這地方以前也許開過不少家所謂的「銘酒屋」[18]。或許是當時留下來的攬客習慣，當我走過相鄰的四、五家蕎麥麵店時，店家居然罕見地站在門口招呼來往過客「歇歇腿再走吧」。我掐算了時辰，恰是晌午，於是走進其中一家稍事休息。一碗蕎麥麵外帶兩碟烤魚，總共四十錢。蕎麥麵沾汁的味道

14 依照俳句中表示季節的詞語予以分類，加上解說並附例句的書籍。

15 出自《芭蕉翁古式之俳諧》之「賦花何俳諧之連歌」的連句中，佐佐木才丸吟作的附句（下聯）「出羽雷魚味清美」。「賦花何俳諧之連歌」收錄了俳人鈴木清風與松尾芭蕉於一六八五年六月二日於江戶小石川舉行的俳席所吟作的俳句。

16 野澤凡兆（一六四〇～一七一四），日本江戶時代中期的俳人，生於金澤，至京都成為醫生並師事松尾芭蕉，擅長寫實俳句，與向井去来共同編輯俳句集《猿蓑》。

17 出自俳句集《猿蓑》之知名俳句，大意是涼爽的夏夜裡，月光映灑在充滿各種氣味的街市上。

18 店門上掛著販賣上等好酒的店招，實則做賣春生意的下等妓戶。自明治時代至大正時代盛行多年。

還不難吃。話說回來，這座小鎮實在太長了。沿著海岸就這麼一條路，已經走出好遠，夾道仍是樣貌相同的屋舍，一間接著一間沒完沒了。我覺得應該已經走了四公里遠，總算來到了小鎮的盡頭，於是循著原路折返。這地方並沒有所謂鬧市。一般城鎮總會有一處熱鬧的地方集結了當地的各方勢力，即便只是路過的旅人，也能夠馬上嗅出哪一塊就是最精采的亮點！然而在欆澤町卻找不到這種鬧市。這就好比一把折扇的釘軸和螺蓋分了家，扇骨也應聲散了一地。我心想，這麼一來，鎮上的各派人馬極有可能相互鬥爭傾軋，不由得想起了竇加的那番政治論談。總之，這座小鎮的中樞指揮好像不大牢靠。走筆至此，我不禁沒好氣地笑了起來。深浦也好，欆澤也罷，倘使有我喜愛的好友在這些城鎮裡，熱情地歡迎我來到這裡，並帶我到各地遊覽與介紹，我願意拋開自己無謂的第一印象，重新以充滿感動的筆觸寫下「唯有深浦和欆澤才是津輕的精華所在」這樣的字句。事實上，旅遊隨筆之類的文章根本不足爲信。倘使有深浦人和欆澤人讀了我這本書，希望能夠一笑置之，因爲我的遊記根本不具有決定性的權威，更缺乏詆毀你們故鄉的影響力。

離開了槻澤町，我又搭上五能線火車，在下午兩點回到了五所川原町。我一出車站，便造訪了中畑先生家。有關中畑先生的事，我最近已在《歸去來》[19]和《故鄉》[20]等一系列作品中有過詳盡的描寫，此處不再贅述。簡單地說，中畑先生是我的恩人。他曾在我二十來歲多次闖禍的時候，屢屢幫我處理善後，從不曾抱怨。久違的中畑先生衰老了很多，教我看得心痛。說是去年曾大病一場，之後就變得這般孱瘦了。

「時代眞是變樣啦！你居然可以穿成這副模樣從東京回來？」中畑先生嘴上消遣，臉上卻掩不住欣喜地不停打量我這身乞丐般的裝束。「哎，襪子破了呢！」說著，他親自起身從衣櫃裡取出了一雙高級襪子拿給我。

「我等會兒想去一趟摩登町。」

「哦，很好，快去吧！喂，惠子，領個路！」

19 太宰治於一九四三年發表於《八雲》雜誌的短篇小說。

20 太宰治於一九四三年發表於《新潮》雜誌的短篇小說。

中畑先生儘管瘦得皮裡走肉，但那急吼吼的脾氣仍是一如往昔。我姨母一家就住在五所川原的摩登町。我還小的時候，那條街叫作摩登町，現在好像改成大町還是什麼別的名稱了。關於五所川原町，我已在序文中提到了，這裡充滿了我兒時的許多回憶。大約四、五年前[21]，我曾在五所川原的某家報紙[22]上發表過下面這篇隨筆[23]：

「姨母住在五所川原，所以我小時候常去五所川原玩，還去看過旭座劇場落成後的首演。記得那是在小學三、四年級的時候，擔綱主演應該是友右衛門，我還被梅由兵衛感動得眼淚直流。那是我出生以後第一次看到旋轉舞台，可以說萬分驚訝，甚至不由自主從座位站了起來。可惜沒多久，那家旭座劇場便發生大火，整棟建築付之一炬。當時連從金木町，都能清楚地看到烈焰沖天。聽說起火點是放映室。有十個去看電影的小學生在那場大火中喪了命。電影的放映師被問了罪，罪名是過失傷害致死。儘管我那時還小，不曉得爲什麼，卻牢牢地記住了那位放映師的罪名和最後的命運。我還聽過坊間傳言，說是旭座這個名稱的發音和字義和『火』字相關，這才招來了那場無名火。那已是二十多年前的往事了。

「約莫是七、八歲上下，我有一回走在五所川原的鬧街上，一個沒留神竟掉進了下水溝。裡面水很深，淹到我的下巴這邊，或許接近一公尺深。當時是晚上。忽然有個男人從上面朝我伸手，我趕忙抓住他的手。他把我拉上來，就在眾目睽睽之下將我身上的衣服全脫了，害我羞得發窘。我掉下去的地方恰好是在一家舊衣店的前面，大人很快就讓我穿上了那家店裡的舊衣服。那是一件女孩子的浴衣，就連腰帶也是綠色的棉布腰帶[24]，實在太丟臉了。不一會兒，姨母大驚失色地跑來了。我是在姨母的百般呵護下帶大的。由於我相貌不夠男子氣概，不時受到嘲笑，性格因此有些孤僻，但只有姨母稱讚我是個美男子。每當有人批評我的長相，姨母就會勃然大怒。這些事，都已成了遙遠的回

---

21 一九四一年一月左右。
22 指《西北新報》。
23 該篇隨筆題名為〈五所川原〉。
24 兒童或男子繫綁的用整幅布捋成的柔軟腰帶，最早是鹿兒島的年輕人開始使用的。

憶。」

我隨著中畑先生的獨生女惠子一起出了家門。

「我想看一看岩木川，離這裡遠嗎？」

惠子說就在前面不遠處。

「那，帶我去吧。」

惠子領著我在街上走了約莫五分鐘，一條大河就出現在我眼前了。小時候姨母曾帶我來過這個河邊許多次，印象中離大街來得遠一些。可能是因爲孩子步伐小，那時候總覺得好遠。況且我老是窩在家裡，很害怕出門，一到外頭便要緊張得頭暈目眩，所以愈發覺得遙遠。河上有一座橋。這座橋倒是與記憶中的差不多，如今看來還是同樣的長。

「我記得這叫乾橋，對嗎？」

「對，沒錯。」

「乾……是哪個字來著？表示方位的那個乾字嗎？」

「我也不曉得，應該是吧。」惠子笑了。

「沒把握喔？管他的。上橋過去看看吧！」

我伸出一隻手，輕撫著欄杆緩緩地上了橋。景色很美。拿東京近郊的河流來比，和荒川洩洪道最是相像。河邊綠草如茵，地氣蒸騰，教人有些眼花。岩木川滋潤著兩岸的綠草，閃著粼粼波光流淌而去。

「到了夏天的傍晚，大家都來這裡乘涼。橫豎也沒別的地方可去。」

五所川原的人們喜好出遊，想必那景象格外熱鬧。

「那裡就是剛蓋好的招魂堂。」惠子伸手指著上游的方向告訴我，又笑著小聲補了一句，「就是我爹洋洋得意的那間招魂堂。」

那座建築看來相當氣派。中畑先生是預備役軍人的幹部，爲了這座招魂堂的改建，想必他又發揮了一貫的俠氣，四處奔走。我們已經過了橋，便站在橋畔聊了一會兒。

「我聽說蘋果樹已經疏伐[25]了。慢慢砍掉一部分蘋果樹，在多出來空地上

---

25 將生長過於密集的林木砍掉一部分以免過度稠密，反而有礙生長。

栽種馬鈴薯或其他什麼作物。」

「每個地方的做法應該不一樣吧？我們這裡還沒聽說要砍樹的。」河堤的後面就是一片蘋果園，粉白色的花朵開了滿園。我每一回看到蘋果花，就覺得好像聞到了美味的香氣。

「謝謝妳寄了好多蘋果給我。聽說，妳要招女婿了？」

「是呀。」惠子老老實實地點了頭，一點都沒有羞澀的模樣。

「什麼時候？最近嗎？」

「就是後天呀！」

「什麼？」我嚇了一跳。但惠子卻像事不關己，一派輕鬆。

「回去吧。妳忙著打點婚事吧？」

「不會呀，一點都不忙。」惠子仍是一副氣定神閒。一個要迎婿入門繼承家業的獨生女，儘管芳齡才十九還是二十，畢竟膽識氣度就是不一樣。我不禁暗暗佩服。

「我明天要去一趟小沼，」我們回頭，再度踏上了那座長橋，我提起了別的話題。「我打算去見見阿竹。」

「阿竹？就是小說中的那個阿竹嗎？」

「嗯，對。」

「她一定會很高興的！」

「也不知道她會不會開心。希望見得到面。」

這趟來到津輕，有個人我說什麼都非見上一面不可。我一直把她當成是自己的母親。儘管已經闊別了近三十年，但我永遠不會忘記她的容顏。甚或可以說，就是她，爲我勾勒出了這一生的樣貌。以下是我的作品《回憶》中的一段文字。

「長到六、七歲以後，那時發生的事情都記得很清楚了。一個叫作阿竹的女佣教我認字讀書，我和她一起讀了很多書。阿竹爲了我的教育花費很大的苦心。我體弱多病，只能躺在床上看很多書。家裡的書都看完了，阿竹就去村裡教會的主日學爲我一趟趟借回兒童書。我學會了默讀的方法，不管讀多久都不會覺得累。阿竹也教我道德倫理，時常帶我去寺院，指著《地獄變相圖》的掛軸[26]講給我聽：放火的人身上背著紅火熊熊的柴筐、養小妾的人被雙頭青蛇纏繞身上……，臉上的表情看起來痛苦萬分。圖上有血池，有針山，還有叫作無間地獄[27]的一處白煙竄冒的無底深淵，到處擠滿了蒼白而乾瘦的人嘴巴微張在哭喊。阿竹告訴我，撒謊的人會下地獄，還會像這樣被惡鬼拔掉舌頭。聽到這裡，我嚇得哭了出來。

「那座寺院的後面是一片地勢略高的墳場，種了一排棣棠之類的樹籬，樹籬邊豎著很多供養用的長木條[28]。有的長木條上面還裝有和滿月一般大的黑色鐵輪圈。阿竹哐啷哐啷地轉動輪圈，一面告訴我，如果過一會兒輪圈停下了不動，轉輪圈的人就能到極樂世界；如果眼看著就要靜止，又突然開始倒轉的話，轉輪圈的人就要掉到地獄去。阿竹轉輪圈時，輪圈總會發出悅耳的響聲轉動一陣子，接下來必定悄悄地停下來；可是，換成我去轉的時候，卻偶然會發生倒轉的情況。記得那是某個秋日，我獨自去了寺院試試，可不管我轉動哪個輪圈，它們簡直像一齊說定了似地，一個個全都哐啷哐啷地倒轉起來。我強抑著即將爆發的滿腔怒火，賭氣地連連轉動了好幾十次，直到暮色披籠，我才絕望地離開了那片墓地。（中略）不久，我上了故鄉的小學，而我的回憶也在此時戛然變色。阿竹忽然消失了。她嫁到了某個漁村。或許是擔心我會跑去她的夫家纏鬧，她才突然不告而別。出嫁後隔年的中元節，阿竹曾來我家作客，卻變得非常生疏而客套。她問了我的學校成績，我沒有回答，忘了是誰旁邊幫我代答。阿竹並沒有特別誇獎我，只說了一句：千萬不可大意呀！」

由於母親體弱多病，我不曾喝過一滴母乳，出生沒多久就由乳母抱去餵養，直到三歲，能夠搖搖晃晃走路了，便改由女佣代替乳母帶我。那個女佣就是阿竹。我晚上總由姨母抱著睡覺，其他時間都由阿竹陪我。從三歲到八歲，都是由阿竹教育我的。某一天的早晨，我忽然醒過來，喚了阿竹，阿竹卻沒來。我吃了一驚，憑著直覺感到情況有異，立時放聲大哭。我哭得肝腸寸斷，不停嚎叫著阿竹不見了！阿竹不見了！接下來的兩三天，我一直抽抽噎噎的，

26 繪圖掛軸。此處指雲祥寺的《十王曼陀羅》。
27 又稱阿鼻地獄，八大地獄之一，生前罪大惡極者將被打入此處最底層的地獄。
28 立於墓碑旁的細長木板，作為對死者的供養與祈求冥福。

不曾停歇。即便到了今天，我始終無法忘記當時的椎心之痛。然後，過了一年左右，我偶然遇到了阿竹，可阿竹卻顯得很疏遠，爲此我非常恨她。那是我唯一一次見到阿竹了。四、五年前，我曾應邀上了一個名爲《寄語故鄉》的廣播電台節目，當時我挑了那篇《回憶》中有關阿竹的段落朗讀。因爲一提到故鄉，我便會想起阿竹。不曉得阿竹那時候是否聽到我的朗讀。直到今天，我依然沒有接到她捎來的隻字片語。這一趟津輕之旅，我從出發時就殷切盼望能夠見上阿竹一面。我有個癖好，喜歡把最珍貴的留在最後，如此暗暗享受自我克制的快感。阿竹住在小泊港。所以，我把前往小泊港的行程，留到了這趟旅程的最後。不對，我原先的計畫是，在去小泊港之前，我想先從五所川原直接到弘前，逛一逛弘前的市街以後，還要到大鱷溫泉住上一晚，最後再去小泊。無奈的是，從東京帶來的那一丁點盤纏快要見底，況且這幾天下來，已經很疲憊了，實在沒什麼氣力繼續走訪各地。我於是決定放棄大鱷溫泉，而弘前市就安排在回東京前順道去看看。今天到五所川原的姨母家借住一晚，明天就從五所川原直接前往小泊港。計畫好了以後，我跟惠子一起去了摩登町的姨母家，可是姨母不在。說是姨母的孫子生病住進弘前的醫院，姨母也去陪病了。

「我媽知道你要來，還打了電話說非見你不可，讓你去弘前一趟呢。」表姊笑著告訴我。姨母讓這位表姊招了一位當醫生的門婿來繼承家業。

「喔，我原本就打算回東京前順道去一趟弘前，一定會去醫院找姨母的。」

「說是明天要去小泊見阿竹呢！」惠子本該忙著張羅自己的婚事，卻不見她趕著回家，還優哉游哉地陪我們閒聊。

「要去找阿竹？」表姊斂起了笑意，「那可再好不過了！不曉得阿竹會有多高興呢！」表姊好像很清楚我小時候有多麼依賴阿竹。

「還不知道能不能見到面。」我擔心的就是這個。當然，我根本沒先探聽過，只憑著「小泊的越野竹」這唯一的線索就要去找人了。

「聽說開往小泊的巴士，一天只有一趟。」惠子起身查看了貼在廚房裡的巴士時刻表，「假如明天沒搭上從這裡發車的頭班火車，後面就趕不上從中里發車的巴士。明天是個重要日子，可千萬別賴床嘍！」惠子只顧著叮嚀我，卻像是把自己要出嫁的日子給拋到腦後。我按照建議擬了個行程：搭上八點鐘從五所川原出發的第一班火車，沿著津輕鐵路北上，途經金木町，九點鐘到達津輕鐵路終點的中里車站，然後轉搭開往小泊的巴士大約兩個小時，這樣算來可在明天的中午到達小泊。天色晚了，惠子終於回家。她才剛走，醫生（我們從以前就這樣稱呼那位當醫生的門婿）就從醫院下班回來。我們一起喝酒，聊著聊著就夜深了。

隔天一早我被表姊叫醒，匆匆忙忙吃過早飯就跑到車站，總算趕上了第一班火車。今天又是豔陽高照，曬得我腦袋昏沉，感覺像是宿醉未醒。因爲摩登町的姨母家沒有會罵人的大人在，所以昨天晚上喝多了，現下額頭直冒虛汗。每舒爽的晨光從車窗灑了進來，彷彿只我一個渾身骯髒腐敗，感覺難受極了。每回一喝多，總會萌生這種自我厭惡的情緒，而且這經驗大抵不下數千次，可我到現在還是沒能斷然戒酒。就因爲我有這個貪杯的缺點，人們才那麼瞧不起我。倘使人世間沒有酒這種東西，保不準我早已成了聖人呢！我很當一回事地思索著如此可笑之事，心不在焉地望著窗外的津輕平原。不久，火車經過金木町車站，來到一處叫作蘆野公園的小車站，像個平交道的崗哨似的。這時，我想起了一件往昔的趣事：有一位金木町的町長去東京回來時，在上野車站購買搭到蘆野公園的車票，結果站務員告訴他沒這個車站，町長頓時大動肝火，朝站員咆哮怎會連津輕鐵路的蘆野公園都不知道！逼得站務員查了三十分鐘之久，總算讓他弄到蘆野公園站的車票。我從車窗探出頭來，打量那座小車站，只見一個身穿久留米白紋布傳統上衣與相同布料燈籠褲的年輕姑娘，兩手各提一只大包袱，嘴裡銜著車票跑向了剪票閘，然後輕輕閉上眼睛，朝俊美的年輕剪票員把臉往前一湊，剪票員馬上默契十足地拿著剪票鉗，俐索地剪了那枚咬在姑娘白齒間的紅色車票，宛如一位老練的牙醫拔門牙似的。姑娘和剪票員的臉上都沒有絲毫笑意，彷彿這事是天經地義的。姑娘一上了車，火車便哐噹一聲開動了，好似司機就等著這個小姑娘上車。這般悠哉的車站，肯定全日本也找不出第二個來。我覺得金木町的町長下回到上野車站時，大可以理直氣壯地放聲高喊「給我一張到蘆野公園的票！」

火車在落葉松林中奔馳，這一帶是金木町的公園。前方出現了一片池塘，叫作蘆湖。大哥早年好像捐贈過一艘遊覽船給這裡。火車很快就來到中里站了。這座小鎮的人口數大約是四千。津輕平原也從這裡開始愈來愈狹窄，再往北到內潟、相內、湊元等村落，這一帶的水田面積很明顯地不如其他地方，或許可以把這裡稱爲津輕平原的北門。有一戶姓金丸的親戚在中里開了和服店，我小時候曾來玩過，那大概是四歲時候的事了。我只記得村尾有個瀑布，其他的就沒什麼印象。

「阿修！」有人喊我。回頭一看，正是金丸家的女兒笑吟吟地站在我的面前。記得她還比我大個一、兩歲，看來卻不顯老。

「好久不見啦！要去哪兒？」

「喔，我要去小泊。」我等不及想快些見到阿竹，其他的事統統顧不上了。「我要搭這輛巴士去小泊。那，失陪了。」

「這樣呀。回程順道來我家坐坐嘛，我們在那座山上蓋了一間新家。」

我順著她的指向望去，看到車站右邊一座翠綠的小山頭有棟簇新的屋宅。假如不是要趕著去見阿竹，我一定很高興能巧遇這位兒時玩伴，肯定要上她新家坐一坐，和她好好聊一聊中里的事，無奈我眼下急得分秒必爭，根本無暇多管旁的事了。

「那，下回見！」我敷衍地向她道別，急忙跳上巴士。很多人搭這班車，我站了整整兩個小時，就這麼一路站到了小泊村。從中里町往北的地方，全都是我初次造訪。相傳，津輕遠祖的安東氏族，就住在這一帶。我在前文中已經記敘過十三港當年的榮景，但是津輕平原歷史中最重要的那段進程演化，據說就發生在從中里到小泊的這塊區域內。巴士爬上了山路，繼續往北行駛。路況很差，車子顛簸得很厲害。我牢牢抓緊行李架的鐵槓，彎著腰窺探窗外的風景。這裡果然是北津輕，比起深浦等地的景致，顯得荒涼得多。這裡嗅不到人的氣息。山裡的樹林、灌木和矮竹叢長得蓬勃密麻，絲毫不見人跡。縱然與東海岸的龍飛岬相比，這裡要溫婉許多，可這裡的草木還稱不上是「風景」，沒辦法感動旅人。巴士繼續走了一會兒，白冷冷的十三湖驀然映入眼裡，宛如一只淺淺盛著水的珍珠殼，儘管優雅，卻遙不可及。一湖如鏡，連艘船都沒有，就這麼悄悄地舒展那一泓寬綽，獨立於世，連流雲和飛鳥都不曾在湖面留下蹤跡。經過了十三湖，巴士很快便來到了日本海的海岸。從這裡開始，就靠近國防重地了，因此照例不便詳細描寫。接近中午時，我到達了小泊港，這裡是本州西海岸最北端的港口，再往北翻山過嶺，便是東海岸的龍飛岬。這裡是西海岸的最後一個村落。換句話說，我像個落地鐘的鐘擺一樣，以五所川原爲軸心，從昔日的津輕領地西海岸南端的深浦港翩然盪回原點，旋即又急速盪到位於同一側海岸北端的小泊港。這是一個大概有兩千五百人的小漁村。相傳遠自中古時代已有外國的船舶進出，尤其是開往蝦夷的船隻，需要躲開強勁的東風時，就得來到小泊靠港。我在前文中也多次寫到，這裡和附近的十三港在江戶時代都是運出稻米和木材重要港口。即便在今天看來，這座碼頭仍是十足氣派，和村子的樣貌不怎麼搭襯。此外，水田只在村外有少少的幾處，倒是魚產相當豐富。聽聞本地除了鮋魚、黃魚、烏賊、沙丁魚等等，還盛產海帶和裙帶菜之類的海藻。

「請問你認識越野竹這個人嗎？」我下了巴士，立刻攔住一個路人問道。

「你要找越野……竹？」一位身穿國民服、貌似町公所職員的中年男子歪著頭想了一下，「這個村子裡姓越野的人家很多……」

「她以前待過金木町，還有，現在大概五十歲上下！」我拚命提供線索。

「喔，我曉得了，村子裡的確有這麼個人。」

「有嗎？在哪？她家往哪走？」

我按照那人的指點走去，找到了阿竹家，是一間門面五、六公尺寬的五金行，看來小巧玲瓏，卻比我東京那間陋屋來得氣派十倍。門簾垂放下來了。不妙！我趕緊衝到玻璃店門前，果然上著一把小掛鎖將門扉鎖得十分嚴密。我推了推側旁的玻璃門，每一扇都牢牢地關緊。沒人在家！我無計可施，急得猛擦汗。總不至於搬家了吧？還是去外頭辦個事？不對，鄉下不像東京，暫時出個門絕不會放下門簾還上鎖的。難不成是到外地兩三天，或者更久？要眞如此，可就糟了。阿竹很有可能是去了其他村落。都怪我蠢，滿心以爲只要打聽到她家，就一定可以見到面。我敲敲玻璃店門，喊了幾聲「越野太太！越野太太！」可自然沒有人來應門。我嘆了氣，轉身過了馬路到對面的菸舖子問說：越野家好像沒人在，知不知道上哪去了？舖子裡那位骨瘦如柴的老婆婆隨口回了一句：不是去了運動會嗎？

「那麼，那個運動會在哪裡舉行？就在附近？還是……」我急得連聲追問。

老婆婆說就在附近。循這條路直走就可以看到稻田，再往前有間學校，運動會就在學校的後面舉行。

「我今天早上瞧見她拎著套盒跟孩子一起去了呀！」

「這樣啊，謝謝您。」

我依照老婆婆的指示往前去，果然先看到稻田，再沿田間小徑走了一段，出現了一座沙崗，國民學校[29]就在那上面。我繞到學校後面一看，登時愣住了，還以爲自己在作夢——坐落在本州北端的一個漁村，正在我的眼前舉行一場熱鬧的祭禮，這畫面和幾十年前的情景一模一樣，美得教人想落淚。首先映入眼中的是那一整片萬國旗海，然後是精心打扮的女孩們，接著是大白天卻到處都有人喝得醉醺醺的光景。運動場的周圍還搭起了近百頂涼棚[30]，喔，光是運動場周圍還容納不下，連旁邊一座可俯瞰運動場的小山丘上都搭了整排鋪著席子的涼棚。現在正逢午餐時間，將近一百頂涼棚裡，每家人都揭開了午餐的套盒，大人們舉杯對飲，小孩和女眷享用餐食，還不忘興高采烈地談笑著。此刻的我深切感受到，日本眞是個美好的國家！日本的確是個旭日東升的國度！即便値此賭上國家命運之大戰的關鍵時刻[31]，然而坐落在本州北端的一個貧窮漁村，居然能夠歡欣鼓舞地舉行如此盛大的宴會，這眞是太奇妙了！我感覺自己彷彿在這本州的偏鄉窮壤，親眼目睹古代眾神豪放的笑聲和雄邁的舞姿。我好比童話故事裡的主角，爲了找尋母親而攀山跨海跋涉三千里，最終來到天涯海角的這座沙崗上，竟看到了正在舉行一場華麗的神樂歌舞[32]。好了，接下來，我非得從這群歡天喜地唱奏神樂歌舞的人們當中，找出養育我的母親不可！我們已經闊別近三十年了。她有雙大眼睛和紅面頰，在右眼皮或左眼皮上

29 自一九四一年至一九四七年的小學名稱。
30 臨時搭建的小屋。
31 此時正值中日戰爭期間。太宰治於一九四四年的五、六月間前往津輕旅行，日本於一九四五年八月十五日宣布無條件投降。
32 祭祀神明時彈奏的樂曲與舞蹈。

有顆小小的紅痣。我只記得這些特徵而已。我有信心，只要見到人，必定可以一眼認出她來，問題是在這麼一大群人當中要找到她，怕不猶如大海撈針。我朝運動場望了一圈，根本不曉得該從何著手，只好在運動場的四周像隻無頭蒼蠅般到處兜繞。

「請問您知不知道有個叫越野竹的人在哪裡呢？」我鼓起勇氣向一個年輕人打聽，「五十歲上下，開五金行的越野。」這就是我對阿竹所了解的全部情況。

「開五金行的越野？」年輕人思索了片刻，「啊，我好像看到她在對面的涼棚裡喔！」

「這樣嗎？在對面那邊嗎？」

「這個嘛……，我也不大確定，印象中好像在那附近看過她。呃，你去找找看吧！」

年輕人隨口一句去找找看，在我可成了一件大任務。可我總不能向年輕人煞有介事地坦白我和阿竹已經有三十年沒見過面了，請他務必幫忙，只好向他道了謝，走去他隨手一指的方位逛了逛，但光是這樣根本不可能找得到人。到最後，我終於一頭鑽進了某頂涼棚裡，裡頭的一家人正圍坐著吃午飯。

「冒昧打擾了。請問，有個叫越野竹的人，就是那個開五金行的越野太太，是在這裡面嗎？」

「這裡沒那個人！」身形圓胖的太太一臉不悅地皺著眉回答。

「這樣啊，抱歉了。請問有沒有在這附近看過她呢？」

「這……我可不知道了。你瞧，人這麼多呀！」

我又探進其他涼棚裡打聽，對方還是說不曉得，我不死心地再到別的涼棚繼續找，簡直像著了魔一樣，把整個運動場翻了個遍，逐一打聽阿竹在不在這裡？開五金行的阿竹在不在這裡？結果繞了兩圈還是沒能找著。我宿醉還沒醒，喉嚨乾渴得快裂開了，於是到學校的水井邊喝了點水，然後又回到運動場，坐在沙地上脫去夾克外套抹抹汗，出神地望著那些男女老少滿臉幸福地鬧騰著。阿竹就在這人群裡。她眞眞確確就在這裡面。想必她此時已揭開了套盒，正在招呼孩子們吃飯，完全不曉得我如此辛苦地在找她。我也想過，索性託請學校老師廣播一下「越野竹太太，外找！」，可我實在討厭採取這麼粗暴的手段。我不想透過惡作劇似的誇張行徑，刻意拼湊出自己的喜悅。這只能怪我們無緣了。老天爺不讓我們重逢。走了吧。我穿回夾克外套站起身來，重又循著田間小徑回到了村裡。運動會大概會在四點結束。我大可先隨便找家旅舍睡上四個小時，等著阿竹回家就行了。可我又覺得，要我窩在一間骯髒的客房裡，百無聊賴地等上四個鐘頭，只怕會愈發怒火中燒，氣得乾脆直接走人算了。我希望以這一刻滿懷期待的心情和阿竹見面，無奈盡了全力仍是無法如願。也就是說，兩人沒有那個緣分。我千里迢迢來到這裡，明知她此時此刻近在眼前卻見不到面，只能打道回府，這樣的結果或許與我總是撲空的人生不謀而合吧。我洋洋得意訂下的精密計畫，最後總是亂了套，無一倖免。時運不濟就是我的宿命。走了吧。仔細想想，即便她猶如養育我的母親，可說穿了，不就是個下人嘛！不就是個女佣嘛！難道你是女佣的孩子嗎？一個大男人，竟還苦苦思念兒時的女佣，說什麼非得見上一面的，你就是這樣才成不了材！也難怪哥哥們薄情地瞧不起你，當你是個低俗又陰柔的傢伙。這麼多兄弟們裡，就你一個怪胎！你怎會這般沒出息、卑鄙無恥、令人作嘔呢？你就不能振作起來嗎？

我來到巴士車站，打聽了發車的時刻。一點三十分有一班開往中里的巴士。就這麼一班，接下來只能等到明天了。我決定搭一點三十分的巴士回去。還有三十分鐘的空檔。我有點餓了，便走進巴士站附近一家微暗的旅舍，嘴上吩咐店家「趕快上飯菜，我等下就得走了。」但心裡仍是依依不捨。我其實還有另一個盤算：倘使這家旅舍給人感覺還行，我就在這裡休息到四點鐘再說，沒想到店家拒絕了我。一個面露病容的老闆娘從裡屋探出頭來冷冷地回絕，說是家裡人都去參加運動會，沒法招待客人。我終於下定決心離開，來到巴士站坐在長凳上，休息了十分鐘又起身到附近蹓躂了一下，琢磨著不如再去一趟阿竹家，對著那間空屋子悄悄地做個今生的訣別吧。我苦笑著來到了五金行門口，赫然發現門上的掛鎖頭已經卸下來了，還留著兩、三寸大的門縫。這眞是天助我也！我頓時勇氣百倍，砰訇一聲——如果不用這樣粗野的形容，就無法貼切描寫我用力撞門而入的氣勢——猛然推開了玻璃店門。

「有人在嗎？有人在嗎？」

「來了。」屋裡傳來應話聲，接著有個身穿水手服的十四、五歲女孩探出頭來。一見到她的長相，阿竹的容貌登時在我腦中清晰地浮現出來。我再也顧不上客氣，大跨步走到裡屋入口的女孩面前自報家門：

「我是金木町的津島！」

女孩啊的一聲，笑了。或許阿竹經常給自己的孩子們講述在津島家當保母的往事。單是這兩句應答，我和這個女孩之間已經無須客套了。此時，我只想感謝老天爺的垂憐。我是阿竹的孩子！就算別人說我是女佣的孩子，我也不在乎了！我敢大聲吶喊：我就是阿竹的孩子！就算哥哥們會看輕我，我也不在乎了。我就是這個女孩的大哥！

「哎，太好啦！」我不由得脫口歡呼，「阿竹呢？還在運動會上？」

「對呀！」女孩對我同樣沒有絲毫戒備和羞怯，落落大方地點頭回答，「我是因為肚子疼，回家來拿藥的。」

肚子疼雖然可憐，可對我來說卻是天大的喜訊。我由衷感謝那個讓她鬧肚子的罪魁禍首。既然遇上了這位女孩，什麼都不必再擔心了。等一下肯定見到阿竹。我把一切託付在這女孩身上，只要別和她走失了就成。

「我翻遍了整個運動場，就是沒能找著。」

「是哦？」女孩說著，輕輕地點頭，摀住了肚子。

「還疼嗎？」

「還有點疼。」她答道。

「吃過藥了？」

她沒作聲，只點點頭。

「疼得厲害嗎？」

她笑了，搖搖頭。

「那好，拜託妳，現在就帶我去阿竹那裡吧！雖然妳肚子還疼，可我是從很遠的地方來的。妳走得動嗎？」

「嗯！」她使勁地點了頭。

「好！眞是好孩子！那就麻煩妳啦！」

她又嗯了兩聲，連連點頭答應，旋即出了裡屋穿上木屐，摁住肚子彎腰出了家門。

「妳在運動會上參加賽跑了嗎？」

「跑完了。」

「得獎了嗎？」

「沒得獎。」

她摁住肚子在我前面走得很快。我再一次踏上田間小徑，來到沙崗，繞到學校後面，從運動場的中央穿越而過。女孩開始小跑起來，鑽進一間涼棚。下一瞬，阿竹就出來了，茫然地看著我。

「我是修治。」我笑了笑，拿下帽子。

「哦喲！」阿竹只這麼一聲，沒有笑容，神情嚴肅。但她旋即放鬆了渾身的僵硬，用一種佯裝無事、卻又透著虛弱的語氣說，「來，進來看運動會吧。」說著，阿竹帶我進到她的涼棚裡，只說了一句，「你就坐這裡吧！」說完，便拉我坐在她旁邊，不發一語地正身端坐，雙手擱放在燈籠褲裡彎跪的膝頭上，全神貫注地觀看孩子們賽跑。然而，我非但沒有絲毫抱怨，反而終於放下了心上的那顆大石。我伸直了雙腿，怔愣地看著運動會，心中沒有任何牽掛。也就是那種無論發生什麼事情都無所謂、完全無憂無愁的心情。所謂的心靈平靜，大概就是指這種狀態吧。倘若確然如此的話，這時可說是我生平以來所體會到的內在寧靜了。我的生母於前些年過世了，她是一位高雅端莊的好母親，但她不曾帶給我這種難以言喻的安心。不曉得世上的母親，是否每一位都能讓孩子感到全然的放鬆與安心呢？果若是這樣，孩子必定會想要盡心盡力孝順母親。我無法理解有些幸運的傢伙爲何擁有那麼好的母親，卻還會體弱多病抑或好吃懶做。孝順母親是人之常情，並不是所謂的道德倫理。

阿竹的面頰仍是紅紅的，而且右眼皮上果然有一粒罌粟籽般的小紅痣。她頭上雖已摻了白髮，但此刻端坐在我身旁的阿竹，與我兒時記憶中的阿竹，一點也沒有改變。我後來聽阿竹說，她來我家當傭人天天背我時，我才三歲，她是十四歲。接下來的六年，都是阿竹把我帶大的。但是，我記得的阿竹絕不是個年輕姑娘，而是一位老成穩重的女士，與眼前所見的這位阿竹毫無二致。不僅如此，她還告訴我，重逢那天她繫的深藍色菖蒲花樣和服腰帶，早在我家幫佣時便一直用到現在了；還有，那條淡紫色的襯領[33]，也是當年我家送給她的。或許就是這個緣故，坐在我身旁的阿竹，依然散發著與我記憶中相同的韻味。亦或許是自家人的偏私，我覺得阿竹跟這個漁村其他阿芭們（阿亞的Femme稱謂）的氣質截然不同。她上身穿的是手紡條紋棉布衣，下方是同款布料的燈籠褲，面料的條紋樣式雖稱不上別致，眼光卻頗爲獨到，一點都不含糊，整體上有一種強勢的氛圍。我始終默不作聲，一陣子過後，一直盯著運動賽事觀看的阿竹忽然聳起肩膀，深深地長嘆了一聲。到這時我才明白，原來阿竹的心裡也很不平靜。但是我們兩人依然保持著無邊的沉默。

「要不要吃點什麼？」阿竹突然想起似地問了我。

「不用。」我答道。事實上，我眞的什麼都不想吃。

「有麻糬喔！」阿竹伸手去拿已經收拾在涼棚角落裡的套盒。

「不用了。我不想吃。」

阿竹點點頭，不再繼續問我了。

「你想吃的不是麻糬吧？」一會兒後，阿竹小聲說著，露出了微笑。

儘管近三十年不曾互通音信，她似乎一眼看出了我嗜好杯中物。這眞是不可思議！

瞧見我嘻皮笑臉的，阿竹皺起了眉頭。「菸也沒少抽吧？打從方才你就一根接著一根。阿竹只教你讀書，可沒有教你抽菸喝酒呀！」阿竹訓了我一頓，和當年訓誡我「千萬不可大意」時的面孔如出一轍。我立時斂起了笑意。

見我換上了一本正經，阿竹反倒笑著站起身來邀了我：

「去看看龍神的櫻花，怎麼樣？」

「好啊，走吧！」

我跟著阿竹走，上了涼棚後方的沙崗。紫羅蘭綻放，紫藤低矮的枝蔓朝四周攀旋而出。阿竹無言地向上爬去，我也始終沒說半句話，一派輕鬆地信步隨行。來到了山頂後又慢慢往下走，出現了一片叫作龍神的森林，林間小路沿途

33 加在女性和服襯衣領口上裝飾用的襯領。

長滿了八重櫻。阿竹突然伸手折下了八重櫻的枝梢，邊走邊扯下花瓣扔到地上。忽然間，她煞住腳步，猛然轉向我，一開口便如江水潰堤般滔滔不絕：

「眞的好久不見啦！剛見面的時候，沒認出你來。聽女兒說金木町的津島來了，我還不信呢！我根本沒想到你會來。從涼棚出來看到你的臉孔，也認不出你是誰。你說你是修治，我還心想眞是你嗎？然後，我就說不出話來了，什麼都看不進眼裡了。這三十年來，阿竹我多想見到你啊！我天天滿腦子想著念著的都是還能再見到你嗎？再也見不到你了嗎？沒想到你已經長這麼大了，還為了見上一面，大老遠跑到小泊來找我，我眞不曉得自己是感激、是開心、還是難過。不過，那些都不重要，總之，你人來了就好！我在你家幫佣的時候，你還在搖搖晃晃學走路呢！走了就摔，爬起來再走還是摔，怎麼都走不穩。你吃飯的時候喜歡端著碗四處轉悠，最喜歡坐在庫房的石階下面吃飯。你叫我給你說古時候的故事，盯著我的臉讓我一杓一杓餵你飯，儘管麻煩得很，卻教人疼進心坎裡了，瞧瞧現在長那麼大了，簡直像在作夢一樣。我偶爾會到金木町，總想著說不定你就在這附近玩，走在街上瞧見跟你年紀一般大的小男孩，便會邊走邊一個個端詳仔細。你來找我，眞是太好啦！」阿竹每說一句話，便不自覺地將手裡枝條上的櫻花拔下來扔掉，拔下另一朵又扔掉。

「孩子呢？」阿竹終於連枝條都折斷扔了，張開雙肘提了提燈籠褲。「有幾個孩子？」

我輕輕靠在小路旁的杉樹上，回答她：

「一個。」

「男孩？女孩？」

「女孩。」

「幾歲了？」

阿竹一句接一句連珠砲地發問。這時候，我赫然發現，原來自己那種強勢而直接表達心意的方式，和阿竹極爲神似。這下我恍然大悟了。在兄弟姊妹當中，只有我一個人性情粗野而急躁，很遺憾地就是來自這位養育我的母親的影響。直到這一刻我才明白了自己的人格本質。我絕不是在一個高尚的環境中培育長大的，難怪和其他有錢人家的孩子一點都不像。你瞧，我思念的故交舊友，盡是諸如青森的T君啦、五所川原的中畑先生啦、金木町的阿亞啦，還有就是小泊村的阿竹。阿亞如今仍然在我家當僕役，而其他人以前也曾在我家做過事。我和這些人最是志同道合。

好了，我雖無意藉著古代聖賢[34]之獲麟[35]故作高深，但這篇聖戰[36]下的「新津輕紀行」，亦可權充筆者「獲友」的自白，於此處擱筆，應無大過。儘管還有很多事想寫，可大致已將津輕現下的生活樣貌，描述得淋漓盡致了。我沒有虛構內容，也沒有欺矇讀者。讀者們，再會了！倘若一命尚存，我們來日再會！請帶著勇氣向前走！切勿絕望！那麼，失陪了。

34 意指孔子。

35 絕筆。

36 第二次世界大戰時日本國內常用的語言，意指神聖的正義之戰。

【Eureka】ME2067X

津輕

作　　者❖太宰治
譯　　者❖吳季倫
封面設計❖張　巖
版面編排❖張藍天圖物宣字社（yalan104@yahoo.com.tw）
總　編　輯❖郭寶秀
特約編輯❖周奕君

發　行　人❖涂玉雲
出　　版❖馬可孛羅文化
10483台北市中山區民生東路二段141號5樓
電話：(886)2-25007696
發　　行❖英屬蓋曼群島商家庭傳媒股份有限公司城邦分公司
10483台北市中山區民生東路二段141號11樓
客服服務專線：(886)2-25007718；25007719
24小時傳真專線：(886)2-25001990；25001991
服務時間：週一至週五9:00～12:00；13:00～17:00
劃撥帳號：19863813　戶名：書虫股份有限公司
讀者服務信箱：service@readingclub.com.tw
香港發行所❖城邦（香港）出版集團有限公司
香港灣仔駱克道193號東超商業中心1樓
電話：(852)25086231　傳真：(852)25789337
E-mail：hkcite@biznetvigator.com
馬新發行所❖城邦（馬新）出版集團【Cite(M) Sdn. Bhd. (458372U)】
41-3, Jalan Radin Anum, Bandar Baru Sri Petaling,
57000 Kuala Lumpur, Malaysia.
電話：(603)90578822　傳真：(603)90576622
E-mail：services@cite.com.my
輸出印刷❖前進彩藝有限公司
二版一刷❖2022年7月
定　　價❖340元

ISBN：978-626-7156-07-0（平裝）
ISBN：9786267156100（EPUB）

城邦讀書花園
www.cite.com.tw

國家圖書館出版品預行編目（CIP）資料

津輕／太宰治著；吳季倫譯. -- 二版. -- 臺北市：馬可孛羅文化出版：英屬蓋曼群島商家庭傳媒股份有限公司城邦分公司發行, 2022.07
面；　公分 --（Eureka；ME2067X）
ISBN 978-626-7156-07-0（平裝）

861.67　　111008629